时光深处

吕 昀 / 著

图书在版编目（CIP）数据

时光深处 / 吕昀著 . -- 北京 : 中华工商联合出版社，2020.3
ISBN 978-7-5158-2699-8

Ⅰ . ①时… Ⅱ . ①吕… Ⅲ . ①中国文学—当代文学—作品综合集 Ⅳ . ① I217.2

中国版本图书馆 CIP 数据核字 (2020) 第 009082 号

时光深处

作　　者：吕　昀
责任编辑：吕　莺　董　婧
封面设计：欧仁宇
责任审读：李　征
责任印制：迈致红
营销推广：王　静
出版发行：中华工商联合出版社有限责任公司
印　　刷：三河市众誉天成印务有限公司
版　　次：2020 年 7 月第 1 版
印　　次：2020 年 7 月第 1 次印刷
开　　本：880mm × 1230mm　1/16
字　　数：200 千字
印　　张：11
书　　号：ISBN 978-7-5158-2699-8
定　　价：58.00 元

服务热线：010-58301130
销售热线：010-58302813
地址邮编：北京市西城区西环广场
A 座 19-20 层，100044
http：//www.chgslcbs.cn
E-mail：cicap1202@sina.com(营销中心)
E-mail：gslzbs@sina.com(总编室)

目 录

序一

“仙吕”如她

《爸爸去哪儿》栏目节目主持人“村长”　李锐

仙吕，哈哈哈……南方人普通话不标准，常常会把“女人”念成“铝银”。不过叫吕昀“仙吕”肯定是没错的，因为她的确够“仙”。

吕昀是我的大学同学，长得漂亮，所以特别招男同学喜欢，赵普同学（前央视主持人）就特别喜欢照顾她。当然，我也是如此。

她的“仙”表现在一会阳光灿烂的笑声回荡在校园每个角落，一会儿愁肠百转蹙眉挥毫写诗作画。人家午饭吃包子面条，她天天吃西瓜，而且特别爱吃，经不起美食诱惑。据说她和彭坤（现央视晚间新闻主播）每天中午去学校的仁和餐厅吃饭，还自创了一道“干辣椒豆豉炒苦瓜”。

说她仙的另一个标准是“灵气”，一颦一笑、举手投足，眼里总流转着灵气，让人过目不忘。她的声音也很“灵气”十足，那些看似很平常的故事、文章，在别人口中读出的是普通，她一开口就变得特别生动。她的声音中带着快乐，又藏着调皮可爱。她一个人会配好几种声音，毕业后去了北京电视台，后来又在迪士尼公司主持了《小神龙俱乐部》，估计人家看中的就是声音“灵气”吧。

说她“仙”，还在于她的行为举止异于常人。别人把每个月的零花钱均匀分配，方方面面都照顾到，放假坐绿皮火车回家；而她每天打长途电话，出门坐飞机，月末没钱了才想起来“计划”这个事。

她关心同学，知道我们男同学喜欢吃臭豆腐，专门买来送到我们宿舍，还特别细心地买了一个网兜，用长网兜挂在窗外，一直垂到研究生宿舍的窗口前。后来，全体研究生休课，把楼下卫生打扫一遍，还百思不得其解：“为啥空气中飘有臭味呢？”

记得有次同学们去白洋淀游玩，在回学校的车上，她扎着马尾突然掀起自己衣服一角大喊一声：“哎呀，虫子”！等我们男生紧张地跑过去盯着她掀起的衣角问：“哪有虫子”？她哈哈大笑着松开手：“没有啦，骗你们的，吃亏上当了吧？”哈哈哈，我坐在旁边一口老血差点吐出来：“这.....谁吃亏了？！

好吧，写到这里我想说句“实话”了：其实我想说她不仅是“仙”，她有时还很孩子气，文艺气。时而笑得花枝乱颤，时而又会多愁伤感。这么多年来，她爱好写随笔，现在她要把她的文字整理出来出版了，而且她还写了这么多首诗，我倒是很好奇，想从这些诗里看看，这些年她究竟经历了什么？她有些什么样的故事,要在文字里讲给我们什么呢？故事里的女孩，还是不是我认识的那个女孩呢？

序二

手捧半瓜　笑靥如花

著名主持人　赵　普

吕昀是我的老同学，她命令我写序我不敢不写，因为她“威胁”说，我要是不写，她就将我大学时代的“丑闻”散播出去！

朋友们，谁年轻的时候没几桩荒唐事呢，如今时过境迁，真要“散播”开来，理解的会说我那是“年少轻狂”，不理解的会说我是“年少流氓”！总之，我后悔当年“交友不慎”，摊上这么个会舞文弄墨，记性又好的同学，还是个“不讲理”的女同学，只好“认命”，只好服从。

我们就读的大学叫中国传媒大学，这是后来的名字，当年叫“北京广播学院”，简称“北广”。这所大学出名的专业有很多，但最受人瞩目的是播音主持。今天，许多家喻户晓的播音员、主持人都受业于斯。

我和吕昀所在的班级有两大特点：一是男女比例相差悬殊，全班 72 人，男生只有 7 人。（不要以为这对男生来说是什么好事！女多男少，就意味着搭档对播练习时，男生要付出更多）；二是同学们的年龄参差不齐。尽管毕业已经二十余年，但仍有不少同学活跃在荧屏一线，比如我的老搭档中央电视台《晚间新闻》主播彭坤，以及湖南卫视《爸爸去哪儿》里的“村长”李锐等等。

吕昀是我们中的一位，且成就斐然，她主持过的少儿节目拿过很多大奖，代表作品《小神龙俱乐部》更是为无数孩子带来了快乐时光！

吕昀预备出书找我商量时，我投了反对票。理由是她早已功成名就，没必要靠出版物证明什么了。她却说：“哥，都什么时候了，你还活在‘证明自己’的世界里？妹妹不过是多年来写写画画，把积累的成果做一次分享而已。”瞧，她这一轻描淡写倒衬出我这不堪的“油腻”来。

好吧，看看那些经年累积的文字，没有技巧，不事雕琢，只有纯真和质朴。就像 20 多年前的那位大学校园里的“傻姑娘”，笑靥如花，手里捧瓜。

是的，我曾眼见她捧着半个西瓜回宿舍，边走边拿勺挖着大口吃！略有遗憾的是这本书囿于文体，很难展现“吃瓜少女”充满谐趣的另一面，大约她是藏起来了，等着下本书再给我们惊喜呢！

自　序

我从小就感情丰富，看到别人哭，自己还不知道发生了什么，只是看着别人悲伤的表情就足以让我泪流满面，而听到别人快乐的事情我也会傻乎乎地跟着笑。

我有几个做舞台剧导演的朋友，每当他们出品舞台剧，就会请我去观看，因为只要我在场，总是能带动现场的气氛。其实，他们不知道，我之所以会“肆无忌惮”地笑和哭，是因为我在脑海中早已经把笑点和悲点扩大了十倍。

也许是因为性格的缘故，我会把快乐和悲伤都发挥到极致，别人有一分快乐，我就会有十分快乐。别人有一分悲伤，我就会有十分悲伤。我有写随笔的习惯，所以从小到大写了不少自己内心的感触。

对于一个喜欢写随笔的人来说，文字的丢失要比钱财丢失更加令人痛苦和难过，因为很多的文字都是触景生情之作，那些文字记录了我当时的心情，有悲伤，有欢乐，有幸福，有无助，甚至有绝望。所有的文字都是真情实感的流露，而这些感受和灵感是钱买不到的。

大学毕业之后，我有了一个温暖的“小窝”，于是我就把从小到大写的随笔带到自己的小家,那些随笔写在一本厚厚的、看起来破旧不堪的笔记本上，因为时间久远，加上笔记本中间还夹杂了许多小碎纸片，这些小碎纸片上都是我随手写下的感触，笔记本中还夹着中学时期我写在树叶上的小诗，所以，这本厚厚的笔记本从外观看起来确实像是“废品”。但它记录着我的成长，我的经历，我的懵懂，我内心的坚强与柔软，还有我的情窦初开。

只可惜，一次出差回家后，我就再也找不到这本珍贵的笔记本了，因为打扫卫生的人以为它是无用的杂物，经过留守在家的人同意，就把它连同其他的脏旧物品一起扔了。

当我听到这个消息时，简直是五雷轰顶，感觉自己十几年的记忆一下子被洗劫一空，之后我整整三天没有出门，气了三天，哭了三天。

那种失去文字的痛是无法弥补的，虽说那些丢失的文字算不上什么优秀的文章，但它们记录着我的成长，是我曾经历过的生活、学习、工作、青春、情感的证明。可是，现在一切化为乌有，一去不复返，我感觉自己的心都被掏空了。

我打电话把这件事告诉了母亲。母亲是大学教师，她完全理解我的感受，甚至比我更加珍惜文字。

母亲家的一面墙，从上到下都是书架，那些书都是母亲几十年积攒下来的，对于母亲来说，这些书就像她的生命一样，即使它们静静地摆放在书架的角落里，落满灰尘，也会让母亲感到踏实和慰藉。母亲安慰我，鼓励我接着写，她说人生就是一段段的故事，生命没有终止，故事就没有结束。

又过了十几年，我零零散散写了不少随笔，这时母亲提醒我，是不是应该把这些随笔整理成册，以免丢失。我觉得母亲说的有道理，我虽不是作家，更没有什么宏篇巨作，但至少可以为我的过去做个小总结，就像是建一座人生的“加油站”，让自己蓄满能量，再次出发。

于是，就有了现在您所看到的这本小书，而让我特别开心的是我还邀请了我的两位大学同学——赵普和李锐为我的小书写序。

之所以选择他们，是因为在大学期间，他们最了解那个本真的我了，这本书也是给过往的我做个小小的记录和总结，并且他们都在我的记忆中。

本书记录着十几年来我的一些生活片段和小感触，而你从中看到的或许不仅是我的故事，还有你的故事，他的故事……

吕 昀

念

爱意深锁

如果

站在那里的是我

一定选择自由翱翔

带着美丽的誓言

飞跃高山

寻找属于我们的憩所

如果

飞在天空的是我

可以像雄鹰一样俯视大地

一定带你领略最美的风光

留下一段刻骨铭心的传说

如果

你选择沉默不再飞翔

请让我把思念埋藏

如果

你选择遗忘

请允许我把爱意深锁

1999年写于三亚

别亦难

一别从京回豫中，
连日南柯忆萍逢。
相聚时饮喜乐酒，
别后只身伴影行。
灼灼榴花垂血泪，
绵绵柳丝诉衷情。
何时与君重相会，
举觞豪唱大江东。

谁都年轻过，谁都会有一段肝肠寸断的感情，今日听你的故事，在兴奋中感到可贵，于是写下此首小诗送给真性情的您。

1999年于北京

思　乡

秋风瑟瑟，

微波荡漾，

邀友桥头诉衷肠；

枫叶凋零，

刹时孤凉，

碧纱窗下思故乡。

2003年秋写于曙光花园

光下的姑娘

窗外的灯光

明亮，美丽，凄凉

月光下的姑娘

平静，孤独，忧伤

灯光照亮了姑娘

却温暖不了姑娘的心房

晚餐后，吃着苹果望着窗外，在小区中央广场的路灯下，一位姑娘静坐着，时不时地会用手擦拭一下脸颊，也许她在流泪。

我望着她的身影不禁猜测起她的故事，她看起来是那样孤独，于是我写下了这几句诗。

2003.9.15日写于北京海淀曙光花园

对不起

我知道

你为什么说“对不起”

你曾说“爱”不能长久相依

难道

你对我是虚情假意

难道

你我真的彼此遥不可及

过去

幸福，甜蜜，点点滴滴，珍藏心底

终于

翻滚的记忆未能遮住思念的空隙

多么希望

你能给我一个的奇迹

让思念

不再是梦而已

好像每一次聚会，大家都离不开一个话题，那就是“爱”。

今日与友相聚，听着朋友讲述爱情经历，我不禁潸然泪下。

我想这世间最让人温暖、最让人幸福的是遇到彼此相爱的人；而最让人心痛的和无奈的就是爱上一个遥不可及的人。

2004年夜

不　语

你不言

我不语

在静好的时间相遇

你不闻

我不问

在暮光中相视而过

你把忧伤埋在心底

我把希望挂在枝头

岁月改变了容颜

时光缱绻着相思

2005年写于北京书房

打油诗

晓风轻荡薄雾
晨霞犹如鱼肚
清晰钟声响
急忙起床叠铺
疾速
疾速
锻炼身体莫误

2005年于北京

每个夜晚的悲楚

每个夜晚的悲楚
是你赏赐的孤独
每个白天和黑夜
变成奢望的痛苦
我的内心深处
渴望着爱人的呵护
我的灵魂深处
游走着不尽的无助
亲爱的人
为什么给我如此的生活
让我独享这份孤独
亲密的爱人
你让我的呼吸变得短促
生命变得苍白
爱你的心融化到了泥潭深处

晚餐，与友邀约，我想她是抑郁了，因为三句话不离老公的话题，五句话就满眼是泪，说实话，我不知道该如何劝说她，她所经受的家庭冷暴力或许就是摧毁她的起因。也许对一个女人来说，最大的成就就是有一个和谐的家庭。

我的这位朋友大学毕业后就结婚生子，按部就班地生活和工作，为了照顾孩子她放弃了自己的爱好。然而，随着时间的推移，一成不变的是每天重复的日子，而丈夫的心却变了。

今日听她满眼是泪的倾诉，心中很是怜惜她，真希望她可以重拾信心，开启美好的生活，而不只是每天围绕着老公和孩子。至少，我生子之后不能让自己成为她的样子。

此刻，凌晨，她的故事和憔悴的面容让我久久不能遗忘，于是我打开起灯，拿起笔，为她写下这首小诗。

我想对我的朋友说："每一个人都有追求美好生活的权利，即使你有责任照顾家人，但一定不能放弃自己的生活和爱好。让自己精致一些，开心一些，从容一些。每个人都要好好爱自己。"

2005年深夜于北京

我 愿

我愿

做一只快乐的小鸟

无意间闯入你的镜头

让你拍下瞬间的美好

凝视你的双目

沉醉于你的专注

我愿

做那一束金色的光柱

化作山程水路

瞬间把自己凝固

聆听你的心跳

感受你的呵护

2006年

游峨眉

峨眉烟雨山朦胧，
为觅仙境踏林中。
云雾缭绕金顶寺，
忽闻远处有钟声。

我有幸在2007年3月份随中国首部彝族音乐剧“甘嫫阿妞”剧组到四川首演，闲暇间与朋友游峨眉山上香礼佛。

3月份的峨眉山气候非常阴冷，当日午时到达峨眉山脚下，每一级台阶的两侧都积满了冰雪，不时会有小松鼠出来觅食，我们可能是因为没有休息好，加上肚子又有一些饥饿，身上没有什么热量，感觉十分寒冷。

中途选择乘坐缆车，当缆车载着七八个人穿过一团巨大的云雾之后，眼前出现一束阳光，再望向远方，阳光照耀在普贤菩萨的身上，金光灿灿。我不由得发出惊叹。

下了缆车，耳边又传来钟声，加上云雾缭绕，仿佛自己处于仙境，来了灵感，作小诗一首。

2007年

触　动

一条幽静的小巷
一场洗涤心灵的细雨
思绪飞扬在时光的隧道中
在那个充满了希望的岁月里
我的心房注满阳光
在那个忧伤不经意划过生命的裂痕中
尘封了记忆
忘却了花香
那一天
你触动了我的心弦
我开始汲取甜蜜的养分
像蝶儿一样曼舞在幸福的天空

2008年

你的爱

我的平静
是因为
你给了我安逸的生活
我的幸福
是因为
你给了我无私的关怀
我时常认为
我可以潇洒地走开
而你
却总在我的身旁默默等待
冷了
有你温暖的话语

累了

有你宽广的胸怀

你就是我体内流动的血液

温暖着我的身躯

让我在无意中体会到爱的存在

2008年于北京

若来若去

你若来

请张开双臂拥抱我

让我温暖在你宽广的胸怀

你若走

请悄无声息地离开

慢慢消失在暮霭

来去都留下了匆忙的脚步

带来的是绮靡的情缘

带去的是浅墨般的伤感

是谁

残留了昨日的寂寞

是谁

洗尽了岁月铅华

我与你

穿越时光

在这世相遇

爱得深沉

离得安然

2012年

芬芳花梦

如花

如梦

一抹清香

在时光中

绽放如痴如醉的身影

在岁月中

演绎着不老的情迷

有时

想迷失在如幻梦境

远离都市喧嚣

有时

在静谧中忘却寂寞哀伤

分分秒秒

品一份甜蜜的芬芳

2013年于三亚

莲

不垢不清高，
出淤通自梢。
濯叶翠如玉，
赢得百花佼。

在百花中，我独爱莲，就连自学的国画，也只是画莲。

自古人们对荷花的赞美数不胜数，今日到朝阳公园散步，看到池塘中的荷花，甚是欢喜，真想回家把画架搬出来静静地站在池边写生，回来写小诗一首。

2013年

吕昀画荷

是　谁

是谁

装扮了你

给你披上金色的衣裳

让你在清雅馨香的季节温婉如初

是谁

遮挡了我的视线

让你在氤氲中若隐若现

却始终看不清你的双眼

而你

在天籁的时空中守候着我

却不语一丝丝孤寂

而我

在湖水的清影中遥望着你

却不敢轻搅你的生活

倘若

我们真的相聚

你是否愿意芬芳旖旎

让爱意沁入我的心窝

倘若

我们真的相爱

你是否愿意抛开世间繁华

与我此生不离不弃

2013年于三亚

小 醉

今夜小酒独醉
明月不解花岁
闲坐亭子中央
飘来一阵茉香

出差工作之余，偷个小懒，独自到水乡古镇南浔玩儿两天，在古镇附近的一家客栈住下，满院子花香。院子里还有一个温泉小泡池，傍晚时分，点了一瓶红酒独饮，谁知不胜酒力的我居然一杯下肚就喝个微醺，于是写下几笔。

2013年

星空下的奇遇

世间最珍贵的不只是相遇

而是即使我们有一线天的距离

却可以时时刻刻凝视彼此

世间最美好的不只是我们可以彼此相望

而是我们即使遇到惊涛骇浪也不可分离

世间最美好的不只是彼此相依

而是在苍穹下

我们可以珍藏所有美好的传奇

见证爱的奇迹

假如

此生我们别无选择

至少我们可以忘却磨难和悲伤

把点点滴滴爱意铭记

假如

此生我们注定这样

你望着我

我望着你

那也将是星空下最美好的奇遇

友人从国外发来一张石头的照片，希望我可以为照片配上文字。

这是我见过的最神奇的石头，看着照片，突来灵感，写下几句。

2013年秋于三亚

我 们

在苍翠繁茂的树荫下

明媚的阳光

穿过摇曳在微风中的树叶

喷洒在碧绿的草坪上

曾经年少轻狂的我们

淡却了那份悸动

在最美好的季节

我们如影随形

相濡以沫

绿影婆娑下

即使不相望

心却早已锁向永恒

在公园的草坪上，一对老年夫妻，丈夫躺在草坪上闭目养神，妻子静静地在丈夫身边看书，画面安静祥和，于是我有感而发，作了这首小诗。

2013年于三亚

你与我

你不走进我

是因为

不舍那份眷恋

我不走进你

是因为

不忍惊扰你安逸的生活

你不说

我不问

所有爱恋在指尖绕过

一缕青烟

伴随着深情的思念

摇曳在千里之外

一丝惦念

化作清澈的溪水

潺潺沁入山涧

流向远方

2013年

我相信

我相信
山涧传来的声响
是你捎给我的希望

我相信
那飘摇坠落的红叶
是你带走的忧伤

我相信
那拂过脸颊的微风
是你曾经的承诺

我相信

那湛蓝无际的天空

是你呵护我的臂膀

其实

我从未走远

只是

在岁月的光影中

远远地将你凝望

其实

我从未离开

只是

穿过生命的长河把你珍藏

2013年于三亚

我知道

我知道

那一遍遍如潮水般涌上岸边的浪花

是你盈动着的爱恋

我知道

那一次次拍打在礁石上激起的海浪是你的呐喊

我知道

那退潮后平静的海面是你深沉的等待

我知道

那舞动在天边的一丝鸿云是你的眷恋

我懂你的爱恋

因为那正是我内心的温暖

我懂你的呐喊

因为那正是我对你的呼唤

我懂你的等待

因为那正是我泪雨滂沱后的期盼

我懂你的眷恋

因为那是我内心深处无尽的思念

2014年秋

爱曾与我擦肩

在透过月光的房间
点燃一支香烟
爱在烟雾中慢慢沉淀
曾经想给你的幸福
后来才发现
你要的不是永远
你挣断了我放飞的线
留下我一人
站在荒芜中
睁着无助的眼

在昏暗的房间
我闭上双眼

思念在泪水中蔓延

隐约感觉你还在身边

我睁开了眼

才发现

你远到看不见

是否幸福与我无关

我用了八年的时间

还尽你前世的缘

如果有一天

我们再相见

是不是上天对我的考验

是否可以逃离这个情圈

想一遍伤一遍

于是告诉自己

爱曾与我擦肩

相见不如怀念

2014年秋，和朋友们一次聚餐时，朋友们分别聊起自己曾经的爱情，唯有一位朋友说的故事让我记忆犹新。他的初恋女友欺骗了他的感情和金钱，在某一天突然消失了，于是，他在四处寻找无果后，整整等了她八年，也正是在他失去她的时候，他学会了抽烟。我真的无法想象一个男人为了一个女人可以“痴情”到如此地步。

2015年3月，我到休斯顿老同学家游玩，在做饭的时候，和老同学又聊起感情的话题，突然又想起了那个朋友的初恋故事，于是拿起手边的餐巾纸，写下了关于这一段情的诗句。

暖秋

玉带缠腰欲卷秋，
青罗翠色暖心留。
涟漪滟滟湖光色，
馨香浓情满枝头。

接到友人从澳洲发来的一张照片有感，尝试着写下几句。

2014年8月

情

凭云寄万语，

一念抛天地。

昨夜泪如雨，

寂影伴花绪。

汝若君知意，

豪情撒天地。

2014年入秋前

细思量

爱在无声的岁月中
如花绽放
忧伤
悄无声息地淹没在时光里
风轻云淡
情深意长
在懂得爱的时间里遇到你
有时想留住这一丝丝暖意
漠然不知
爱意早已伴随着沁人肺腑的花香
渗透在彼此流动的血液中
细思量
清浅一生
怎能与你话别离？！

2014年于北京书房

遇　见

遇见

如此神奇

只是不经意地回眸

便在人群中看到你

在恰巧的时间遇见你

美好的情愫荡漾在心中

甜甜的

蜜蜜的

遇见

如此美丽

你的一言一行

温暖着我的心窝

一颦一笑

触动着我的心弦

轻轻地

柔柔地

遇见

如此幸福

岁月划过生命的裂痕

尘封了忧伤的记忆

在美好的季节

爱的花朵如期绽放

相互依偎

共同成长

我的好友说自己终于遇见了爱的人，时时刻刻的思念，那种感觉就是一种甜的味道。

我写下这首小诗送给她，愿她永远感受到爱情的美好！

2014年秋

我 想

我想

你一定不舍离开

不然

为何在暮色中

展现那最后一丝赤色的娇柔

我想

你一定担心人们把你遗忘

不然

为何云翳汇聚

喷洒在天际

创造出

挥袖如墨般的画卷

鎏金岁月中

悄然褪去了色彩斑斓的过往

希望

又在次日晨曦中飞扬

天地之间

是云卷着山

还是水恋着天

就这样

朝朝暮暮

缠缠绵绵

在凡尘中

写下美丽诗篇

从容淡雅

宁静致远

2014年于三亚

遥寄相思

波涛暗动伴斜阳，
与君书信诉衷肠。
天涯相隔断秋水，
遥寄相思泪两行。

2014年

念

漫天星星闪烁的晚上
安静地坐在沙滩上
望着黑暗的海的远方
仿佛看见你的模样

那层层被风卷起的海浪
敲打着尘封已久的忧伤
那曾经温暖甜蜜的话语
温润着一季心中的情长

远处海中礁石上的灯塔
照亮着我们曾经的过往
那笑过吵过有过的悲伤

是刻在心底最美的时光

我是落在人间的一滴泪
飘在海中没有一丝荡漾
你是散在海滩的一粒沙
任凭千百万次海的拥抱
也找不到我寻你的方向

你我走散在红尘俗世间
我缱绻思念你独享忧伤
海风轻轻撩起我的回忆
仿佛听见你呢喃的声音
在耳边回荡又飘向远方

我想，我是真的想你了
在这样一个黑色的夜晚
在这样一个幽静的晚上

每年冬季，我都会安排几日前往三亚休息度假，今年的冬季格外不同，我的生活发生了很大的改变。生活有时候对人的心情很有影响，会让人心情起伏不定，特别是对于比较善感的我来说，触景生情是常有的事。

今日晚餐后，一个人坐在亚龙湾酒店的沙滩上，听着海浪拍打着岸边的声音，望着远处的灯塔，加上酒店草坪上远射过来的霓虹灯，突然伤感，想想俗世间，谁能逃过情伤呢。

2015年冬季于三亚亚龙湾海滩

秋

袅袅秋风起，

霓裳映天际。

明月照寂影，

嫣然自归去。

虽说秋天是收获的季节，但我却不太喜欢。我总是担心秋天转瞬而逝，然后进入漫长的冬季。

秋天，让我感觉有些失落，有些彷徨……

2015年于三亚

你是我的光

你说
遇到一个懂你的人
如同苍穹中摘取的一颗星星
我说
遇到可以体会自己内心感受的人
如同黑暗中的一盏灯光

你说
以前
你常觉得自己是太阳
后来
才知道
你不过是在以自己的一点光去照亮一室的黑寂

我说

以前

我以为

我是阳光

现在

才知道

我不过是黑暗前的一丝暮色

你说

文字是你流露出来最真实的情感

如果

没有文字

也许你早已不在人世

我想

对你说

你的光照亮着我

你的爱温暖着我

你的智慧引领着我

你是我的榜样

也是我友谊的光芒

一天夜晚，和一位作家姐姐通微信。这位姐姐非常善良，她身上总是充满着正能量，每一次见到她都会感觉到她身上散发出的迷人魅力。

而这一晚的微信交谈，让我对她突然感到怜惜，因为她把快乐给了别人，把悲伤留给了自己。

交谈结束，我久久不能入睡，写下几句诗送给我的作家姐姐。

2017年12月深夜

如 果

如果

这一世

我们不能在一起

我希望

下辈子可以早些遇见你

在你上学的时候

在你求职的时候

在你创业的时候

在你没有恋爱的时候

在任何一个时候遇见

都不要

在你认为没有爱情的时候相遇

如果
下一世
我们相遇
我希望
你可以像我爱你一样爱着我
像我思念你一样思念着我
像我抱着你一样紧抱着我
如果
没有下一世
我希望
白日
我根本不记得你
深夜
你萦绕在我的梦里

似乎任何事都带有传染性，最近几天，我身边的几位好友有离异的、有失恋的、有夫妻争吵的，好多人心情因为爱情而压抑着的，这种情绪似乎也传染给了我，想想这几天听大家讲的事情，静坐书房，提笔记下此刻心情。

2017年

想

“人为财死，鸟为食亡”

有句名言是：“人为财死，鸟为食亡”，其中意义大家都明白。世上还有一句名言是“君子爱财，取之有道”，说的是君子虽然喜欢钱财，但是要取得钱财必须遵循“道”。

那么，这个“道”是什么意思呢？我认为是仁义之道。仁义之道是人安身立命的基础和生活的原则。所以，人无论是富贵还是贫贱，都绝不能违背这个基础和原则。

《赤壁赋》曰：“天地之间，物各有主，苟非吾之所有，虽一毫而莫取。”指的是天地之间什么东西都有自己的主人，如果不是自己的，就算是很小的东西都不能要。所有这些古语名句其实讲的都是一个道理：人不能有贪念，取财要有道。

然而，在现实社会中，有的人却贪心无止境，欲望无止境，特别是当自己到了一定的地位和高度的时候，就更加肆无忌惮，疯狂地攫取，恨不得把天下财物都据为己有，而这些贪财之人最终走上不归路。

很多现实的例子警示着我们：要踏踏实实做人，勤勤恳恳做事。财富，只能通过自己的双手去创造并合法取得，不可“走捷径”，更不可不劳而获。

《诗经》中说道：“不稼不穑，胡取禾三百亿兮？不狩不猎，胡瞻尔庭有县特兮？彼君子兮，不素食兮。”当今世界，人们都应该安分守己，本分地生活，任何贪图不义之财的人最终都不会有好的结果。

2007年

听母亲讲曹操《求贤令》有感

“每学古文，必有所得”，是母亲常常对我们兄弟姐妹们说的一句话。

记得从小到大，让我记忆深刻的古诗词和一些典故基本上都是母亲口述给我的。母亲是大学教授，主讲“古代汉语”和“司法口才”。也许是因为站了一辈子讲台，母亲退休后依然特别喜欢和享受随时随地地教授我们知识的过程。

今天午餐时，我先是和母亲讨论写作风格，而后又聊到古文鉴赏。母亲回忆起自己曾经教过的一篇文章——曹操的《求贤令》，令我受益匪浅。文中“求贤任能、唯才是举”的思想，即使在今天看来，仍有一定的借鉴价值。

午餐后，母亲找来当年的教稿，我看到文章开头写道：“自古受命及中兴之君，曷尝不得贤人君子与之共治天下者乎！”当年刘邦，人品未必尽善，势力也不算强，但由于手下有一批贤臣志士，最终创建了汉室王朝；而所向无敌的项羽，因为不信任老谋深算的范增，终于自导自演了“霸王别姬、自刎乌江”

母亲年轻时照片

的悲剧。所以曹操坚信，国家的强盛，事业的成功，绝对离不开治国用兵的贤能之才。一个君主的本领再大，倘若没有他人的辅佐，终将是孤家寡人，一事无成。

母亲还讲到曹操求取“贤才”的愿望非常强烈。文中言：“及其得贤也，曾不出闾巷，岂幸相遇哉？上之人求取之耳。”曹操懂得“任贤”，并且深知要想“得贤”就要主动去争取。因此，他在七年中先后三发“求贤令”，动员群臣“明扬仄陋，唯才是举”，号召天下贤人速来辅佐，共同效国。

曹操思慕人才的愿望之强烈简直达到如饥似渴的程度，甚至饮酒作赋时也念念不忘：“慨当以慷，忧思难忘。何以解忧？唯有杜康。”虽其同代的刘备为得诸葛亮，亦不辞劳苦，“三顾茅庐”，为后人誉为美谈，但曹操在“求贤”方面则更是有过之而无不及。

“江山代有人才出，各领风骚数百年”。我想，我们每一个人在社会上都是有用之才，应该尽己所能，出己之力，让我们的生活快乐充实起来，让我们的社会更加和谐。

今日聆听母亲教诲，受益匪浅，心中甚喜！我为有这样的一位母亲而感到骄傲和自豪。

2008年

《小神龙俱乐部》之逸事

一、与《小神龙俱乐部》结缘

我清晰地记得那是一个天气晴朗的下午，我在北京电视台的财务室，拿着刚刚报销的服装费，正要离开，手机铃声响起，电话是青少节目中心副主任李果打来的，接通电话后她的第一句话就是:“昀儿,有一件事和你说,看你有没有兴趣试一下？”我不明白她是什么意思，便问道：“什么事情？”李果接着说：“是这样，迪士尼的《小神龙俱乐部》你知道吗？”“知道啊。”“他们在招主持人，已经面试过了‘广院’、‘北影’等文艺院校的应聘者，目前还没有找到合适的主持人，你想不想去试一下？”“我试一下？可以啊。”李果说：“不过，他们迪士尼有自主招主持人的权利，不会因为你是北京电视台的主持人就一定会用你。万一没有选上,你也要有心理准备。”“没问题，我也不是没有工作，去试一下呗。我该怎么做，去哪儿面试？”李果告诉我要准备的一些材料和面试的地点后，就挂断了电话。在接下来几天里，我开始准备录像带和可以表现我特长的角色配音片段，然后按照要求提交并等待结果。

由于我当时还在做北京电视台的《七色光》节目及配音工作，事情特别多，工作繁忙，几乎忘记了面试的事情。后来的有一天，我接到通知，面试通过，我终于可以去迪士尼的《小神龙俱乐部》做主持人了。

迪士尼选拔主持人需要通过诸多部门的审批，所以等待的时间很长。在这其中我暂时做一档每周一次的只有五分钟的小栏目《环保大拼图》，即用各种废旧物品在学校的操场上拼出特殊的图案，然后录制。

我觉得自己很幸运，应聘上自然很开心。后来，我开始走进迪士尼在中国的自制节目《小神龙俱乐部》，由此开启了主持生涯中最快乐的时光。

二、我的第一位制作人

不得不说，我是一个十分幸运的人，初到《小神龙俱乐部》，我就遇到了最绅士的老板和最棒的制作团队，也遇到了最好的制作人和导演。

也许有人会问：《小神龙俱乐部》到底是一档什么样的节目呢？”《小神龙俱乐部》是迪士尼公司制作并运营的中国儿

《小神龙俱乐部》剧照

童节目，在中国大陆约40多家城市电视台每天播出。节目中会播出大量迪士尼动画片和自创儿童节目,节目的口号是:“《小神龙俱乐部》，迪士尼动画的家。”

迪士尼制作节目的方式方法及对主持人的要求，和我们国内电视台制作节目的流程和要求不一样。我刚到迪士尼在北京的分公司，就感受到了不一样的工作氛围。

《小神龙俱乐部》是公司的核心项目，公司的每一个部门分工都特别详细，而每一个部门又共同为此节目组服务。强大的精英团队制作出观众们喜闻乐见的节目，这也正是当年《小神龙俱乐部》节目的魅力所在。

当时我的制作人是英国籍的台湾人，名字叫简，她留着短发，大大的眼睛，说话不紧不慢，但是干净利落。简并不是特别爱开玩笑的女人，但也会不时地说几个冷笑话让大家开心一下。她在工作上特别认真，她的智慧和经验告诉我们，要想制作一档好的节目，一定要有缜密的思维，还要有不同一般的创意，不能束缚自己的想象力，因为只有想不到的，没有做不到的。每一次她在公司给大家开“头脑风暴”会议的时候，都是我们大家学习制作节目的最佳时机。

简不仅是我的制作人，也可以说是我的“伯乐”。因为我当时刚到节目组，只做一档每周六只有五分钟的小节目，即上文所讲的《环保大拼图》。这档节目是专门为企业量身定制的，带有宣传性的环保意义。有一天，简拿来了一部从台湾带过来的动画短片，名为《生活守则》，她问我是否可以给这部动画片配音。

配音工作对于我来说简直易如反掌，特别是角色配音更是我的专长。因为我在北京电视台青少节目中心主持工作的时候，就已经是整个部门所有宣传片配音工作的主力军，并且得到了领导、同事以及观众们的认可。所以角色配音对于我来说不仅仅是工作，更是我的爱好。我告诉简，我可以试一试。当时简还有一些将信将疑，只是给了我一篇配音稿让我准备一下。

《生活守则》由很多个短小精悍的动画短片组成。每一集动画短片的时长大约一分多钟，其中的角色最多时有四五个。也就是说，给《生活守则》这部动画短片配音需要快速转变声音，并且情感情绪还要符合动画角色的身份，这就大大地提高了为这部动画短片配音的难度。

简问我是否还需要再找两个人和我一起配音，我告诉简，我一个人可以完成所有角色的配音。就这样，我们第二天来到配音机房开始录音，我也在前一天晚上做了详细的备稿，并在更换角色的地方标注好，以便于在整个动画短片不间断的情况下完成声音的转换。

功夫不负有心人，我顺利地完成了第一部动画短片的配音。我摘下耳麦，透过玻璃看到简在机房拍手，向我伸出大拇指。我走出配音间，简感叹道："我真没有想到你配得这么好。"紧接着，简又给了我20多个动画短片的配音稿。从此以后，《小神龙俱乐部》节目中所有的宣传配音工作都由我一个人担当完成！现在想想，其实很多时候人只靠幸运是不够的，在幸运和机会降临的时候，还要有足够的能力抓住它！

在《小神龙俱乐部》主持《环保大拼图》和担任配音工作的每一天我都是特别开心的。记得有一日，简问我是否愿意和迟帅搭档，一起主持一档每天播出的节目。天啊，这简直就是"天上掉馅饼"，这么幸运的事情，谁会拒绝呢！

我十分开心，因为这意味着我真正地成为迪士尼在中国区域节目主持人了，这是对我工作的认可，也是我在工作上的提升。

接下来的几日，简开始"包装"我。先是带我去做头发，找人给我设计了适合主持《小神龙俱乐部》的发型，又带我买衣服，教我如何搭配服装，还有最重要的就是进行主持人培训，主要内容是让我了解什么话该说，什么话不能说，怎么说才能让小朋友们感到更亲切。

比如，和我以往做儿童节目区别最大的就是节目的开场白，在《小神龙俱乐部》节目开场时一定要说"你好，我是吕昀"而不是说"你们好，我是吕昀姐姐"，直呼其名、不能带

与《小神龙俱乐部》同事合影

任何称谓是节目组对我们主持人的要求。

在经过对主持人包装、培训以及各平面媒体宣传等一系列的前期准备工作之后，我和迟帅成为工作搭档，正式开始主持迪士尼在中国的自创节目《小神龙俱乐部》，我也开始真正进入到这个快乐的团队，从此结识了一群志同道合的朋友。我认为能够结交他们是我的主持生涯中最开心的事情之一了。那时我想起蒲松龄的一句话："天下快意之事莫若友，快友之事莫若谈。"至今，我和当初一起在《小神龙俱乐部》奋斗过的同事和朋友们还保持着互动关系和密切往来。

三、我们的团队

我在《小神龙俱乐部》节目中的搭档迟帅是一位阳光大男孩，1.8 米的身高，肤色比较白，在阳光下暴晒也不会显黑。

记得有一次我们在香港拍摄，繁忙的工作之余迎来了一个休闲的午后，我和另外一位叫晓娇的小导演准备去铜锣湾逛一逛，问迟帅是否愿意与我们同行，结果被他婉言拒绝，原因是他要到酒店的休闲躺椅上晒日光浴。

等晚上我和晓娇回到酒店看到他时，着实哭笑不得，我们原本以为他已经晒成了巧克力色，结果，没想到他浑身上下可以暴露的地方被晒得通红，像“麻小”一样。从此，我们知道了肤色白的人只能晒红，却晒不黑；肤色黄的人一晒就黑。不过我们私下里也讨论了一下，迟帅的肤色应该会让很多女孩子都“羡慕嫉妒不恨”。他除了肤色比较白，五官也很精致，就像他的名字“帅”字一样，非常符合他本人的气质，我们常会叫他“帅帅”，他也很习惯大家对他的称呼。

帅帅聪明，随和，善良，他是那种把快乐留给别人的人。我们每次录制节目的时候，有 80% 的搞笑的事情都是迟帅制造出来的，我们本来可以在五六个小时内完成录制，但通常需要十个小时才能完成。虽然录制的时间延长了，但是大家都特别开心。每次录制节目就像一次“搞笑会”一样，或者说是“团聚会”，大家都会在这一天把吃喝玩乐和工作完全自然地融合，把幽默感发挥得淋漓尽致。

我和迟帅的合作是非常默契的，我们经常会因为对方的一个眼神或者是一个停顿，就知道对方该说什么样的话或者是该穿插什么样的表演了，然后我们就会在这个时候给对方相对合理的空间和时间去发挥，接着再回到主题，继续下面的内容。

由于我俩配合默契，有一段时间，甚至让全国很多的同学误会，以为我们是男女朋友，我们每天还会收到很多的邮件祝福以及礼物。最终，我们的导演不得不专门在一期节目中澄清我们之间的关系。当年《小神龙俱乐部》节目在全国的收视率很高，受到了全国青少年朋友的热爱和追捧，我们每天所收到的信件和礼物都有几麻袋。可想而知，当年此节目受喜爱的程度。

我们的节目有一位核心导演，她永远是我们心目中最可爱、最有智慧的“小精灵”。她个子不高，大约1.5米多，头发卷卷的，笑起来很甜，说话很嗲，她的口头语是：“超赞！”她就是台湾姑娘阿丽。

阿丽曾经是台湾“LA四贱客”中的一名成员，她曾采访过世界知名的艺人歌手，有着非常丰富的艺人经历，由阿丽做我们节目组的导演也是令我们感到非常幸运的事情。阿丽特别尊重我们每一个人的感受，让我印象非常深刻的是，在一次录制节目的过程中，我说错了一句话，但我并没有意识到，还接着往下说，阿丽没有打断我，而是在停机之后，当着所有人的面先给了我一个超甜的微笑，然后站起来右腿向后一抬，臀部一蹲，双手向前伸出大拇指并说出两个字：“超赞！”然后她悄悄地走到我身边对着我耳朵轻轻地说：“刚才你说错了，你可以这样说……”说完，阿丽对大家说，我们再来一遍吧，下一遍会更赞。也许这是阿丽对于这类问题的一贯处理方式，但是对于我来说，她的这种尊重让我铭记在心。

还有一位常和我们节目组有工作往来，而且很爱和我们说笑的台湾姑娘，她叫阿花。阿花是我们的财务经理，通俗一点的说法就是“管钱的”。如果我们想申请一些费用，或者如果我们有额外的工作，需要谈及劳务费的话，都需要先向阿花申请，私下里，我们会说阿花是我们的“财神爷”。

有一次，我们在香港迪士尼乐园拍摄，去过迪士尼乐园的朋友们都知道，在迪士尼乐园和酒店里会有许多的商品店，卖着各种各样印有迪士尼卡通人物的产品。

而迪士尼员工在商品店消费是有折扣的。在一次拍摄的空闲中，我和阿花一起逛商店。我发现了一套印有迪士尼米奇标志的比基尼游泳衣，甚是喜欢。阿花站在我的旁边说：“穿着它去游泳一定‘美爆’了！”我随口说：“迪士尼可以把它送给主持人当礼物吗？”我以为我的只是一句玩笑话，没想到阿花欣然同意，马上拿起一套来问我：“你穿什么尺码？”还没有等我回答，阿花就拿起一套走到了收银台，一边走一边说：“我觉得这个尺码就可以，你穿这个一定合适，一定‘美爆’了，一定超赞！”我接受了阿花送我的礼物，阿花的诚意、赞美和鼓励让我感到温暖。

阿花非常幽默热情，而且充满了活力，她还是一位心灵手巧的姑娘。为什么这么说呢？因为每当节目组需要道具的时候，阿花都可以用她灵巧的双手制作出令我们非常满意的道具。

由于阿花和阿丽都来自台湾，所以在工作之余，她们也经常聚在一起，她们对北京的美食都非常感兴趣。所以，有时候我们录制完节目后也会和阿花阿丽找个地方“撮一顿”，满足一下我们“吃货”的味蕾。

在《小神龙俱乐部》节目组中我还要必须提到这样一个人，她比我小九岁，留着一头乌黑亮丽的长发，穿衣打扮非常时尚，充满活力。在经过了十七年后，她到现在依然和我保持着亲密的关系，我们是非常要好的朋友，她就是年轻且非常有才华的小导演魏晓娇。

最令晓娇骄傲的，就是她在20岁出头的年纪拍摄的一个专题短片获得了艾美奖提名，当时的公司老板查尔斯领着晓娇在大家的掌声中在办公室巡回走了一圈，以至于到现在我向朋友们介绍她的时候都会把这件事搬出来。有一位这样有才华的朋友是很自豪的！请允许我“得瑟”一下。晓娇确实聪明，只要告诉她需要拍摄和表达的内容，她就会想到最便捷、最佳的表现形式，展现给大家一个与众不同的作品。

《小神龙俱乐部》节目组的精英们还有好多，大家分工明确，都在各自的岗位发挥着至关重要的作用。比如，永远都特别温柔、温婉的孟翔秋，我们都叫她孟孟，听她说话要特别认真和安静，因为她的声音太轻柔了。我说话的语速是她的两倍。

我曾非常好奇地问她：“孟孟，你会发火吗，你生气的时候说话是什么样的呢？”她听后总是慢条斯理地笑着说：“我也会生气呀，就是不高兴呗，就是这个样子呗。”她的不高兴好像只是说说而已，因为别人真看不出来。

节目组中还有专门负责制作宣传片的伦伦，大大咧咧的北京姑娘黄丽，英文八级的雪莉，编导铁晟、亮亮，后期制作王峰和尚平，还有其他部门的安妮、何婷、边娜、郑正、邢森等等。

总之，大家相处其乐融融，迄今为止，大家还是非常留恋当时的工作环境和氛围。《小神龙俱乐部》不仅是迪士尼动画的家，也是我们每个人心中的大家庭。

四、美国迪士尼乐园拍摄之行

制作导演阿丽对工作特别认真，而且对工作专业度把握得很好，因为她自己有过做艺人的经历，所以在很多方面都特别为主持人考虑。

记得在2003年的时候，我们节目组接到了美国迪士尼总部的邀请，邀请我们去美国加州迪士尼乐园拍摄，在这期间，阿丽通过大量的邮件交涉，为我和迟帅争取到了最大的拍摄权限和最有利的拍摄条件，并特别为我们申请了主持人助理和翻译。她还为我和迟帅特别设计了贝勒爷和格格的角色拍摄脚本，并把此次美国迪士尼乐园拍摄的脚本名称定为“贝勒爷和格格游迪士尼乐园”。

此次美国迪士尼乐园拍摄，同行的还有《小神龙俱乐部》特别邀请的主持嘉宾何炅。阿丽对此次美国之行的安排非常满意，记得她在出行前曾经对我说过：“既然美国迪士尼乐园邀请我们去拍摄，就一定要按我们中国人的要求，让大家看到不一样的迪士尼乐园。绝对不能让他们小看我们中国人的创意和才华。”我喜欢阿丽对工作的态度和对民族的自豪感。

在阿丽的精心沟通和安排下，我们顺利来到美国，随之而来的是一系列的惊喜和感叹。我们先是与迪士尼公司高管座谈，然后又参观了迪士尼动画的后期制作流程，参观了迪士尼博物馆，只可惜当我们参观迪士尼历年来拍摄影片的道具库时，我的随身手持录像机没电了，没有留下道具库的照片和录像。但是我们很幸运，经过高层领导允许，我和迟帅可以手持迪士尼获得的第一个奥斯卡“小金人”奖杯拍照留念。对于喜爱迪士尼影片的我们来说，当时还是有一些小小的激动的。

在美国迪士尼乐园拍摄期间，我们组建了一个特别的团队，这个团队的摄像师、录音师以及其他工作人员全部是美国当地工作人员。

我和迟帅的翻译是一位在美国出生的华裔小姑娘，我们的

吕昀与迟帅手持迪士尼获得的第一个奥斯卡“小金人”奖杯拍照留念

助理是一位美国当地的小伙子，所有的工作人员都非常认真，一丝不苟，可以说此次美国拍摄是一次很好的学习机会。

记得有一天，在迪士尼乐园拍摄，到了午餐时间，我和迟帅的助理问我们中午想吃什么，我毫不犹豫地脱口而出：“想吃水果。”

也许很多在国外的中国人都有感受，不习惯每天吃西餐，所以在去到美国的三天之后，我就开始非常想念中餐，特别是水果、蔬菜和粥。美国小伙子听我说完后欣然答应，让我们稍等一会儿，他去为我们准备。

我和迟帅一直等他回来，大约等了 40 分钟，我们看到远处我们的美国小伙子抱着两盒水果跑过来，他到我们面前时已经是满身大汗。原来我们所在的位置离卖水果的地方很远，但是这位美国小伙子却没有说“不”，他排除一切困难，顶着大太阳，跑了很远，完成了他的本职工作。这一点，让我和迟帅非常的感动和敬佩。但同时，也让我们心怀感激，如果我们知道买水果这么不容易，一定不会开口。

在美国拍摄期间，几乎每天都有惊喜，每天都有不一样的收获。由于迪士尼乐园每天的客流量非常大，所以有一些镜头我们需要在开园之前拍摄完毕。

好在《小神龙俱乐部》录制节目时都有完整的分镜头脚本，就像是电影分镜头剧本一样。所以，我们每一次拍摄的时间、地点、台词、道具以及需要的人物都会非常清晰地呈现在每个人的工作脚本上，只要按照脚本进行，拍摄起来就会很快。

迪士尼乐园每天的游客络绎不绝，如果我们想拍摄园内的一些情景，就需要工作人员的配合。由于此次迪士尼乐园拍摄的主题是“贝勒爷和格格游乐园”，所以我和迟帅穿着的是清朝贝勒爷和格格的服饰，看起来很特别。

当地的美国人又不知道我们是在录节目，所以常常会遇到一些游客找我们拍照片，这样一来，我们的工作就会受到干扰。于是，负责配合我们拍摄的工作人员想出来一个超级“酷”的办法：一旦我们需要在特定场景拍摄的时候，就会有十几位美国小伙子围成一个圆圈，双手背在身后，阻止游客进入，保证我们的拍摄现场不被打扰！这样的场景我们也是第一次经历，这种“被保护”的感觉让我们特别踏实。

在迪士尼乐园拍摄节目是一件特别“幸运又残酷”的事情，为什么这么说呢？幸运的是我们可以去到一些游客不能进入的地方深入了解迪士尼乐园；残酷的是我们每天面对这么多好玩的主题乐园，却要工作，不能随性游玩。由于我胆子太小，有些项目不敢游玩，但为了节目效果和内容，还是要狠下心来尝试一下。

比如，有一个超级大的画有米奇头像的云霄飞车，据说这是所有迪士尼乐园的游乐项目里用时最长的一个，可以让人的肾上腺素瞬间激增，对于我这个不爱冒险的人来说，玩这么刺激的游乐项目想都没有想过。

但在我们的拍摄脚本中，有一个任务就是要介绍这个非常有特色的云霄飞车，所以我和迟帅必须坐上超刺激的云霄飞车亲身体会并向同学们介绍。

为了拍摄，我们在开园前就来到了云霄飞车所在的地方，工作人员已经把摄像机固定在了第一排的正中间，就等着我和迟帅就座了。

我一直抬头望着眼前这个超大的云霄飞车，内心无比忐忐、紧张、害怕、恐惧，犹豫了好长时间，最终还是深吸了一口气，坚强地坐在了第一排的位置上。要介绍的台词我已经熟记，摄像机已经开机，录音师也做好了调音工作，然后听到导演说：“321，开始！”云霄飞车开始缓缓地向顶端上升，我和迟帅也做好了一切的准备，开始对着摄像机介绍这个庞大的云霄飞车，因为我们都知道，如果我们不能一遍过，就意味着我们还要再坐第二遍飞车，所以我们都非常专注和认真。

在美国迪士尼公司和同事合照留念

所幸一切顺利，在我们快要到达顶端的时候，所有的台词全部说完，但是接下来的一刹那让我终生难忘，云霄飞车从最高点1秒钟飞速而下，我条件反射地放声大喊，那种感觉简直就是绝望，除了呐喊，再也不能做任何事情，只感觉自己一圈又一圈地在空中盘旋，这个云霄飞车旋转的时间实在是太长了，以至于到最后快要停下来的时候，我都快适应这种恐怖的旋转了。

终于到达终点，我双腿发软，几乎站不起来，这时，收音师走到我的面前笑着说："你应该赔偿我。"我问"为什么"？他说因为我的声音把他的耳膜震破了，大家都笑了。我发誓再也不坐云霄飞车了。

但什么话都不能说得太绝对。在事隔多年后的2005年，香港迪士尼乐园开幕的时候我又坐了一次云霄飞车，这次仍是因为拍摄需要。

在美国迪士尼乐园拍摄期间，我还遇到了许多意想不到的事情，所有的点点滴滴都至今难忘，美国迪士尼乐园拍摄之行成为了我美好的回忆之一。

五、香港迪士尼乐园开幕

2005年香港迪士尼乐园开幕在即，《小神龙俱乐部》作为迪士尼公司在中国的自创节目，自然包揽了迪士尼乐园开幕的报道及拍摄任务。我和搭档迟帅也有幸被迪士尼公司邀请代表中国青少年儿童节目主持人，参加 2005 年香港迪士尼乐园开幕式及“红毯秀”仪式。

香港迪士尼乐园是全球第五座迪士尼乐园，在乐园开幕前三天，迪士尼公司邀请全世界两千多家媒体进行了为期三天的狂欢活动。

在乐园的每一处都布满了全世界各个国家的美食和表演，晚上回到迪士尼乐园酒店还有别具风格的大型酒会。然而，在这三天的狂欢活动中，我们不仅要参与活动，还有拍摄任务，需要详细介绍每一个乐园主题背景内容,迪士尼乐园行政部门，参加表演的演员的情况，还有园内各种设施的情况等等。

我们几乎每天凌晨五点起床化妆，晚上乐园烟花表演结束才收工。在狂欢的三天中还有大量的明星采访，每天拍摄完毕回到酒店都感觉精疲力尽。但是每每想到我们有幸参与香港迪士尼乐园开幕式的活动，就会感到特别满足和开心。而且，对于金牛座的我来说，可以品尝到世界各国不同的美食也是人生之快事了。

九月初，香港的天气还依然炎热。为了按时完成拍摄任务，我们每天除了在午餐的时候可以坐下来，其他时间都在不停地走，不停地说，不停地拍摄。

拍摄前，我们需要了解和熟记游乐设施的背景以及功能，这样才可以向观众更加全面和详细地介绍迪士尼乐园。有些娱乐项目以及演出，因为拍摄的原因，我们看了不只一遍，有的演出我们甚至看了三四遍，从一开始的兴奋激动，到后来的平静和疲惫。

让我感觉最害怕的是，为了拍摄我又要坐一次《云霄飞车》。但是香港迪士尼乐园的《云霄飞车》不同于其他乐园的设施，它是完全封闭式的，取名为“飞越太空山”。也许是因为每天拍摄太辛苦，又没有休息好，所以当我从《云霄飞车》上下来之后，我便开始呕吐，蹲在路边好一会儿才慢慢缓过来。

还有一天，大家实在是太累了，我们就在迪士尼乐园的一家餐厅坐下准备休息，吃点儿东西，这个时候迟帅的小腿抽筋了，而我中暑了，工作人员为我们忙前忙后，让我们休息了一会儿才渐渐恢复体力。真感谢我们有一个快乐的拍摄团队，让我们在疲劳之余，还有许多的温暖与欢乐。

香港迪士尼乐园开幕式还有一个大型的“红毯秀”和晚宴，我和迟帅也非常幸运地参与到“红毯秀”的活动中。但是白天我们还是要照常完成拍摄任务。

记得那一天从早到晚，我们穿着运动鞋在乐园里拍摄了整整一天，到晚上的时候工作人员开始催促我们，让我们马上回酒店，开始补妆换发型，换上晚礼服。为了搭配礼服，我要穿上七厘米高的高跟鞋，可想而知，走了一天的路，脚已经肿胀，穿上高跟鞋之后，感觉脚被绑架了，小腿肚肿胀，腿疼脚疼，但是心中又有点儿小兴奋。

一切准备就绪，在规定的时间，在工作人员的安排下，我们在红毯的一端开始排队等待，两边各有两排媒体记者和摄像师，大约有几百名，各大明星纷纷走过红毯，我们也按照工作人员的交代顺利走过红毯。接下来就是大型狂欢晚宴，尽管我们都很疲惫，但还是被那种欢乐的气氛所感染，我们完全沉浸在欢乐之中。

也许这就是迪士尼乐园的魅力所在。不管你有多么疲劳，你都可以在乐园里快乐起来。在此，我想对曾经在迪士尼《小神龙俱乐部》共同工作过的同事们说：无论何时想起你们，我心中都感到无限温暖。

2010年

吕昀画的“双瓣荷花”

又是一年元宵节

明天就是元宵节了，从小就听老辈们说十五的月亮十六圆。今晚虽然还不是满月，但那一轮明月悬挂在天空中，仍把大地照得通亮。三亚这地方，空气湿润，万物像初生的婴儿一样，色泽透亮鲜嫩，树木和小草像是涂了油似的光滑葱郁。

酒店院落中，青蛙、蟾蜍还有蛐蛐及其他各种虫子的鸣叫声好像组成了一场大合唱，甚是热闹，真是个良辰美景。但“良辰美景奈何天，赏心乐事谁家院”，父亲去世后的每一年元宵节都会让我痛切地感受到“月圆人不圆”的悲哀，因为“元宵节”也是父亲的生辰，这样的节日我终究是开心不起来的。

就在我沉思的时候，儿子的一句“妈妈”清晰地在我耳边回荡，我回过神来看着儿子。“妈妈，做烧烤的叔叔来了。”哦，是啊，毕竟是节日，还是要开心起来，节日前几天就给全家人预约了酒店的烧烤师傅，专程到住的院子里烧烤，师傅都已经到了，也该收起回忆，和家人共进晚餐了。

晚餐开始，席间欢声笑语，家人们相互祝福。到用餐嘛结束时，母亲说："还剩下这么多，太浪费了。"话音刚落，六岁的儿子便背诵起"锄禾日当午，汗滴禾下土，谁知盘中餐，粒粒皆辛苦"的诗句，家人们都为儿子的活学活用鼓掌。

这时，身为教师的母亲又来了兴致，开始给儿子讲"元宵"和"汤圆"名字的来历和知识。

汤圆和元宵只是名字不同，制作方法不同，其实质内容是一样的，都是由糯米粉和馅儿组成的。一种是把馅儿放在糯米粉里滚；一种是把糯米粉和成面，再把馅儿放进去。

正月也称元月。民间有正月十五吃宵夜的习俗。因此宵夜又叫元宵。后来，袁世凯因避名讳，把"元宵"改名"汤圆"。至今，两个名字仍并存于世。

母亲不紧不慢地讲着，儿子认真地听着。看着这一老一小，我的脸上洋溢起了笑容。

其实，想一想，人这一辈子，从出生的那一刻开始，唯一确切知道的事情就是死亡，其他都一无所知。然而，逝者已矣，生者如斯。我们活着的人应该好好地生活下去，对家人好，对朋友好，善待一切。因为世事变幻，唯爱永远。

2013年元宵节于三亚海棠湾

谢谢我的宝贝

也许你认为这是平凡的一天，但于我而言，今天是那么的特殊，儿子宾宾再有两个多月就六岁了，五岁多的儿子第一次让我感觉到了无比的欣慰和幸福，不过在此之前也经历了一场让人无助和伤心的哭闹。有句话说得好，风雨过后总会见到彩虹，看来幸福和开心之前也必然会有泪水。

儿子是超敏体质，从怀上他的那一刻开始，我就没有睡过一个完整的觉，怀孕前四个月几乎不能下地走动，喷射性呕吐。直到他出生的前一分钟我还在产床上呕吐。

不过从我看到儿子的第一眼起，我就深深地爱着他，我决心做一位好母亲！人生本就是一场永远无法预料的舞台剧，而让我始料不及的是，我人生中的一大转折也是从生完儿子后开始的……

其实回忆是需要勇气的，因为它掺杂了喜怒哀乐，有着情感的跌宕起伏，而我不太爱回忆，我更愿意带着所有的经历微笑向前。然而美好的想法终究逃不过现实的考验，自认为坚强的我会被五岁儿子的几句话而感动涕零。

事情是这样的：不知道是何原因，这几天宾宾上幼儿园前总是要大哭一阵子，要不然就会在幼儿园里哭上许久，这对于以前上幼儿园从不哭闹的儿子来说有些反常。无论我怎么说怎么劝都不行，因为他的理由是：哭完心里舒服！这听起来真是一个合理的理由。我也希望无论是谁都不要压抑心中的情绪，找到合理的释放方式是必要的。但是每天如此，还是让我多了些忧虑。

终于，有一天下午从幼儿园回来后，宾宾要和阿姨玩会儿汽车。但是阿姨没有理解他的意思。于是宾宾开始对阿姨大喊大叫，接着就是没完没了地哭。做妈妈的都知道，即使我们有再好的性格脾气，也承受不住孩子没完没了的哭闹。

我感到一股怒气从丹田的位置慢慢上升，直到嗓子眼儿，马上就要爆发。但此时我又想，有很多儿童心理学家说过，当孩子哭闹时，你要给他安静的空间，让他们压抑的情绪得以释放，所以家长要先平静下来。

经过近一个小时的沟通，宾宾平静了。于是我们开车出门。在车上我们母子两个开始沟通，我实在没有忍住，终于当着儿子的面流泪了。

让我万万没有想到的是，儿子突然从我的身后搂住我，一边说“妈妈，你不要哭了”，一边拍拍我的肩膀，还在我的右脸颊上留下一个无比甜蜜的吻。可想而知，这一刻，我除了幸福还会有什么委屈呢？

儿子这么小就这般温情，多让人欣慰。接下来，儿子说：“妈妈，我知道你很痛苦，我心里都明白，你一个人挺不容易的，你不想让我伤心，你知道我心里是爱你的！只不过，我还小，我有的时候控制不住我自己，我哭完就好了。”

听完儿子的话，我擦去脸上的泪水，迅速调整自己的情绪，微笑着说：“儿子，对不起，妈妈最近有些累，也有一些事情没有处理好，是妈妈心情不好，是我的心情影响到了你的心情，

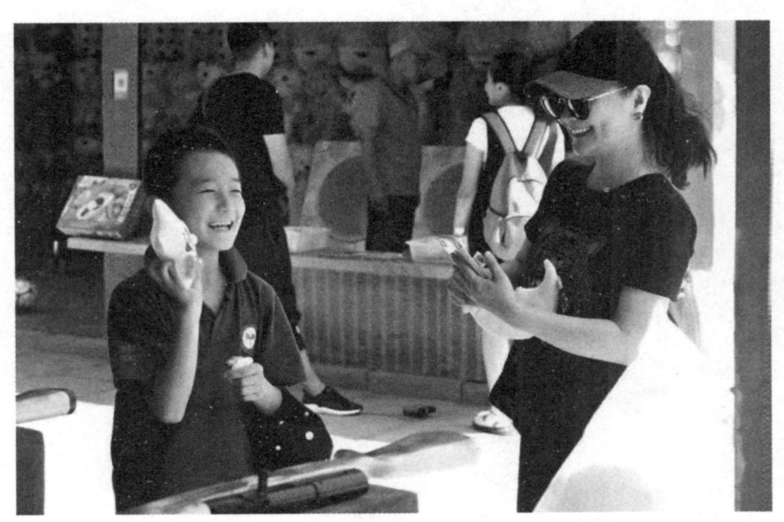

吕昀和她的儿子

我们一起让心情变得好一些可以吗？”儿子爽快的回答：“好，我和妈妈都应该是快乐的。”

情绪平复之后，我们开始听车上的音乐，心情也慢慢好转起来。

儿子也开始愉快的唱歌了！我一边开车一边陷入沉思：儿子才六岁，他还是一个孩子，我怎么能让孩子安慰我？我怎么可以给他讲那么多大道理？他只是个孩子，我应该是他人生中第一任最好的老师，我应该学着成长，让自己更加坚强，给自己的孩子树立一个榜样，带给他温暖，让他心中充满阳光。

亲爱的儿子，妈妈爱你！谢谢你带给我的感动与坚强！我愿你平安，健康，快乐成长！

2014年夏

说走就走

我们常常看到一句话就是：“来一场说走就走的旅行。”可是真要出行时，顾虑就开始多起来。

其实我从年少时就有一个愿望，我想到世界各国走走看看，拍拍照片，写写游记，感受一下大自然的魅力，感受一下各地的风土人情。当然我还想感受一下从小就说的那句“行万里路胜读万卷书”的真正含义。

我想我们每个人都是忙碌的，特别是在我这个“不惑”的年龄。现在不是有种说法吗，七〇后最不易，正是上有老下有小还在奋斗的年纪，除此之外，还要精心地打理日常的家庭生活，所以大多数同龄朋友都有着同样的生活方式，那就是一旦有点儿时间，就想好好地睡上几天，补充体力，然后再次投入忙碌的工作和生活中。

就这样，时间在不经意间流过。每到年底总结的时候才发现，这一年除了忙碌，除了奔波，除了一些亲朋好友吃吃喝喝的聚会，并没有留下什么太多特别的记忆，总是不断地重复着工作和生活。

不知不觉我好像也跻身于这个行列。日子就这样一天一天地过着，而我也总是羡慕着别人的旅行，“身未动，心已远”这句话已经成为我生活的常态。

我时常问自己，是什么牵绊了我的脚步？为什么我不可以来一次无怨无悔说走就走的旅行呢？是孩子、工作还是懒惰？孩子虽小，需要照顾，但是身边不是还有家人可以帮上几天忙吗？

其实有时不是孩子离不开我们，而是我们离不开孩子，有时出差几天再回到家中，孩子依然健康快乐，丝毫不会因为我离开几天就发生太大的改变；虽然我有工作在身，但比起朝九晚五的上班族，我的时间自由得多；虽有“家有老母不远游”的说法，但母亲身体康健，还有哥哥姐姐帮忙照顾。这么一想，有什么可以阻止我的脚步呢？但我总是计划着、盼望着、羡慕着……

常常有人问我多大，我都会毫不避讳地告诉他们我四十岁了。因为四十岁于我而言是人生的一个转折点。这个年龄的人已经没有了年少的轻狂和青春的躁动，没有了不切实际的妄想。生活的阅历已经让人平静了许多，让人渐渐地学会了思考，学会了隐忍，学会了认真地做事，踏实地生活。

我常说，过往的四十年我已经经历了那么多，如果可以活到八十岁，又是一个四十年。那么现在我相当于刚刚“出生”，刚开始一段新的人生旅程，这应该是多么令人期待，多么令人向往啊。所以，年龄不是问题，心态和勇气才是关键。人有希望就有生活的动力，从此刻开始，我要去实现、去完成自己的愿望，不再给自己找太多不能出行的理由，不再为没有游伴而发愁，一个人，一台小单反相机，一个行李箱，一个背包，来一场说走就走的旅行，其实我做得到。

四十岁，我的青春刚刚开始。

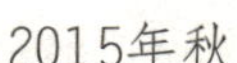
2015年秋

爱的果子

周末，我带着儿子来到花市，打算为家里添几盆绿色盆栽植物。可能是因为临近春节了吧，花市里人潮涌动，每一家花坊都摆出了精心培育的花卉，无论是清雅的水仙、娇艳的杜鹃，还是火红热烈的果子蔓，都吸引了大批的顾客为之驻足，而那一盆盆葱郁欲滴的绿萝、龟背竹、“滴水观音”们更是畅销的佳品。看到这琳琅满目的花卉，儿子像来到了植物园，我索性由着那只小手的牵引，在一排排的花坊前逐一欣赏。

忽然，在一个小角落里，一个不大的红泥盆跃入眼帘，我再也不能收回我的目光，疾步上前，凝视着它，一株 30 公分高的草本植物上挂着一颗颗金黄色的果子。是它，在这姹紫嫣红的花海中撞开了我记忆的阀门。我的思绪穿越了 30 多年，回到了那年秋天……

我儿时的家在一楼，打开后门有个很大的院子，那里是我的天堂。每天放学后，我都会召集附近同龄的女孩子们在这里跳皮筋、丢沙包、疯跑疯跳，一直到暮色四沉、炊烟袅袅，才被各自的家长唤回家去。我因为拥有这个院子的主权，理所当然地成为这一片的“孩子王”。

那时我的父母都很忙碌，我的父亲是一名医生，每天早出晚归，有时还要加班，但无论工作有多么忙碌，他每天回到家中都会拍拍我的小脑袋，讲些笑话逗得我们哈哈大笑。

父母很喜欢花，但由于没有时间侍弄它们，因此，我家的窗台上养了两盆植物，也就一尺高左右，绿色的叶子间时不时地挂着几颗金色鹌鹑蛋大小的果子，我们都叫它“小金桔”。我和哥哥姐姐都知道那是爸爸的宝贝，至今我都没明白为什么，父亲这么爱这种植物，只是见到父亲时常为每一枚新结出的果子感到欣喜。

记得一次我和哥哥打闹的时候碰掉了一枚果子，令父亲心疼不已。此后每逢我们几个孩子在家打闹，父亲总是抢先把他的爱物“束之高阁”，他那夸张的表情总是把我们快乐的气氛推向高潮，但那些娇贵的果子常常还是难逃命运的“劫数”。

记得一次我和小朋友们闹了别扭，我这个“孩子王”遭到了集体的“背叛”，小院子冷清了两天。我愁眉不展，不知道该怎么收复我的“叛军”，在孤立寂寞中还遭到了哥哥姐姐的调侃。

突然我有了主意，我抱着小金桔来到院子里，对“叛军”

进行了召唤："谁来做游戏，我就给谁摘'小金桔'！"我知道小伙伴们早就对这些金色的果子充满好奇。果然，院子里再度喧闹起来。这一切被窗内的父亲尽收眼底。当我顶着红扑扑的流着汗水的小脸冲进家门，我听到父亲的声音："小金桔都被摘光了吧。"我不知所措地抬眼望向爸爸，却看到爸爸那满眼的慈爱："还学会收买人心了。"我揪起的心忽然一松，讪讪地笑了，继而听到了爸爸的笑声，我们父女俩笑成一团。

今天我回忆起爸爸当时的目光，我明白，是的，那是爱。浓浓的父爱。在父亲心目中，再没有什么宝贝比女儿的笑容更加珍贵了。

父爱无言，母爱伟大，我的父母总是用风趣的话语让家充满笑声，他们默默地关注着子女们小小的快乐与烦恼。他们忠厚善良、辛勤工作，用言传身教引导我们养成正直、勇敢、乐观的精神和品格。

而我也在这种无边的爱中无拘无束、自由自在地长大，像阳光下的非洲菊一样绽放。时至今日，常有闺蜜满脸纠结困惑地看着我感慨："你这没心没肺的家伙，这时候你还笑得出来？!"我知道这是父母之爱赋予我的个性，我感恩我的父母，给我良好的教育，同时又让我成为自己的样子。

成年之后，经历了人生的种种跌宕起伏，我始终努力保持着笑容，很庆幸我是在爱中长大的，很庆幸我有很棒的爸爸妈妈，他们给了我对爱、对美好的信仰。

每当我感到自己跌到了谷底，我的耳畔总会响起爸爸曾说的话：“所有的苦恼、艰辛都是暂时的，当磨难成为过去，所有的沉重都只会变成轻松的笑谈。是的，父亲，我终归会带着笑容走下去……

2015年冬

爱 荷

说到“荷花”，我想绝大多数朋友都会想到小时候老师要求我们背诵的课文《爱莲说》：

“予独爱莲之出淤泥而不染，濯清涟而不妖……可远观而不可亵玩焉。”

荷花的“出淤泥而不染”也常被用来形容某个人洁身自好，具有君子气节。“荷花”又叫“青莲”，还被用以比喻为官清正，不与人同流合污。

在中国，很多人喜欢牡丹，比如我的外婆，她出生在清朝末年，小时候家境富裕，算得上是大户人家的大小姐。外婆喜爱娇艳的花朵，比如牡丹、玫瑰、芍药。牡丹花的寓意很好，象征圆满、浓情、富贵。

可是，在百花中，我唯独爱荷花。荷花生在淤泥中，在经受了风吹雨打之后，依然茁壮成长，开出淡雅的花。荷花给我一种清新的美感。

我的母亲特别喜爱梅花，在母亲家客厅的墙上就有一幅草书作品，写着“铁石梅花气概，山川香草风流”，形容一个人像铁石和梅花一样有坚韧的气概，像山川和香草一样有风流的韵味。梅花具有坚强，忠贞，高雅之含义。

中国古代民间有“春天折梅赠远，秋天采莲怀人”的传统。我们常说“寒梅傲骨”，但荷花也常常形容一个人的君子气概。唐代诗人、画家王维曾有一首诗写道：“弄篙莫溅水，畏湿红莲衣。”形容了采莲人对荷花的珍爱和怜惜。

另外，在一些具有中国神话色彩的影视作品中，我们也时常看到，高高在上的神或仙旁边都会摆放荷花，而小朋友们所熟悉的神话人物“哪吒”就是从纯洁的荷花中诞生的。

我还听过一个传说：荷花是王母娘娘身边的一个美貌侍女玉姬的化身。当初玉姬看见人间都是成双结对，男耕女织，十分羡慕，因此动了凡心，在河神女儿的陪伴下偷偷地跑出天宫，来到杭州的西子湖畔。玉姬见到人间美景之后便忘情地在湖中嬉戏，到天亮也舍不得离开。王母娘娘知道后用莲花宝座将玉姬打入湖中的淤泥里，永世不得再登南天。从此，天宫中少了一位美貌的侍女，而人间多了一颗玉洁冰清的鲜花，而这鲜花，就是荷花。

荷花美好，淡雅，圣洁。荷花出污泥而洁白无瑕，清香而天然独秀。

我爱荷，画荷，写荷……

2015年冬于北京书房

吕昀画的荷

假如回到过去

最近电影《夏洛特烦恼》真的很火，短暂上映十几天票房就超过了十个亿。不过说实话，这部电影也算是合我胃口，相隔两天跑去电影院看了两遍。

喜欢剧中的穿越情节，喜欢他们轻松自然搞笑的对白，喜欢马冬梅憨憨傻傻又极为执着地爱着一个人的性格，喜欢观影过程中笑中带泪的畅快，喜欢影片中的老歌及“那天后”以独特嗓音演唱的主题曲《有个爱你的人不容易》，当然，更满足的是观影过后留给我的思考。

我想有一部分观众是比较喜欢穿越题材作品的，我就是其中之一。我喜欢是因为它可以满足和填补现实生活中的一些遗憾，那就是重新再来一次。

2010 年，我出品的话剧《爱上千岁》也是用穿越的形式讲述了一个爱情故事，只不过剧中的主角穿越了千年。其实，无论时间或是空间，无论任何形式与题材，现实也好，虚构也罢，无论哪种关系，都离不开一个字，那就是“爱”。

“爱”无关年龄，无关性别，它是只能意会而不能言传的非常美妙的词汇。

有人说影片《夏洛特烦恼》告诉我们，很多时候人们总是有两副面孔，喜欢做不属于自己的梦，总想握住根本握不住的沙，却不珍惜轻而易举得到的东西，忽略真正对自己关心的人，一旦一切都失去了才后悔莫及。其实，很多时候，我们遇到事情时没有给自己足够的冷静思考空间。很多道理我们看似明白，真遇到事儿的时候却大多是糊涂的，所以才会有“当局者迷”的说法。

《夏洛特烦恼》把我们带回到1997年。那个时候我刚刚到北京电视台工作，一切都是崭新的。我对未来充满希望，有理想，有愿望，有行动，但还是有些遗憾。现在看1997年，我会觉得那个时候真好，如果重来一次我一定不会走同样的路，一定会过得更精致一些，一定会慎重对待一切选择。其实，回过头看现在，人都会觉得现在真好，因为如果重来一次，人一定会选择更好的活法。

未来是未知的，尽管我们都在反复思考后选择了该走的那条路，但时过境迁，依然会有不尽人意的地方。日子就是这样，人在得失之中成长。

哭过，笑过，甜蜜过，幸福过，不停地给自己安排事情，不断地遇到障碍，然后再去解决并追求未来的美好。

一人一个活法，每个人都不一样，关键是我们真的认真地珍惜和享受当下了吗？我们真的看到了爱我们的人吗？我们内心深处是否忽视了那个一直守在我们身边，默默地关心、理解、宽容、等待我们，默默为我们付出的人？我们究竟需要什么？我们到底想要什么样的生活？我们是不是可以停下脚步，安静地想想，我们真的做到无怨无悔了吗？我们真的过得开心吗？

想起电影中夏洛特对大春说的那句话：我真羡慕你，天天活得像傻子一样！

2015年冬于北京

爱 了

有人说，中年人的爱情特别冷漠。我持不同观点，我认为有了“爱”，什么年龄都会热情似火。

还有人说，中年人的爱情都是有很多条件的，我还是不认可，在我的概念里，爱是没有任何条件的。

都说世界上最幸福的事情就是你爱着他，而他也正好爱着你。你想着他，他也正好想着你；你拥抱他，他会把你抱得更紧，多么美好啊！

可惜，有的人并没有这么幸运，她（他）用尽了此生所有的勇气去爱一个人，然而，她（他）拥抱着他（她），而他（她）也只是让她（他）抱着，并不是热情似火地紧拥！

爱情其实就是夫妻一辈子相伴，在走不动的时候还可以互牵双手回忆曾经的故事……

但是我们必须明白，这一切的前提是：对方需要你。也爱着你，如果对方不需要你，你的爱就变得一厢情愿、没有意义了。也许有的人在受到挫折后会说，今后再也没有爱的勇气了，或许再也不会遇到两情相悦的爱情了。

但是我相信只要想爱，人人都有追求爱和幸福的权利。爱，永远是那么美好。爱，离我们也并不远……

亲爱的朋友们，如果你爱他（她），他（她）也正好爱着你，你想抱着他（她），他（她）也紧紧抱着你，一定要珍惜，不要离弃。

一辈子很短，遇见不容易！

2016年1月于北京

爱　情

记得我刚十八岁的时候，母亲对我说：“《泰戈尔诗集》里有这样一句话：‘人若被金钱迷住了眼，爱情就会像鸟一样的飞了。’希望你在今后寻找爱情的时候不要被物质和金钱迷住眼。”我听后点点头，虽然那个时候体会得不是很深刻，但觉得母亲说得很对。

也正如母亲所期望的那样，我在以后的成长过程中并没有把金钱这个筹码压在爱情上,而我的物质和精神生活也不贫穷。事隔多年，又回忆起此事，突然想说说“爱情”，那么什么是爱情，爱情究竟是什么呢?

罗曼·罗兰说：“爱情是一场决斗，如果你左顾右盼，你就完蛋了。”

柏杨说：“爱情是不按逻辑发展的，所以你必须时时注意它的变化。爱情更不是永恒的，所以必须不断地追求。”

莎士比亚说：“爱情里要是掺杂了和它本身无关的算计，那就不是真的爱情。”

我认为："爱情是肌肤和气息的依恋，是精神的寄托。"真挚的爱情也可以分为亲情、友情和恋情三个部分。

亲情：爱人是你生命中的一部分，你会因为爱人的喜、怒、哀、乐而欢笑、气愤、担心、忧虑、流泪、欣慰和骄傲；你会像母亲担心孩子一样的牵挂他（她），会像孩子依赖父母一样依恋着他（她）；他（她）会像是你的兄弟姐妹一样，你们无论发生怎样的争吵和误会都无法彼此割舍，哪怕只有一点点希望也会尽全力保护你们的家。

友情：不过问太多，不干涉太多，给对方充足的空间和自由，而当他（她）痛苦郁闷时，你应是最好的倾听者和开导者。

恋情："一日不见，如隔三秋"，这句古语用来形容恋人的相思之苦再贴切不过了。而我认为恋人还是保持一点距离的好，我们常说"距离产生美"，那美是什么？美是拉近距离的渴望。

"小别胜新婚"，这种心情相信恋爱中的你一定感受过，你会撒娇，顶嘴，哭泣，倔强，还会在事过之后给他（她）一个灿烂的笑。

其实爱情没有一个固定的概念，因为每个人的人生观不同，生活经历不一样，所以对爱情的观点、看法也会不一致。是涩、是苦、是甜，爱的感受只有自己心里清楚。

爱情到底是什么？难以用准确的语言来表达，它既美妙又复杂。只要你的爱情不是表里不一，不像是“水晶鞋”——别人看起来很完美，但自己穿上却很不舒适，那你就珍惜自己的爱情吧，至少让你的爱情很真实。

爱就是在一起

最近我想起很多年前的一部影片《钟无艳》，影片中有几句台词这样说道："爱是为了心上人无条件地付出，牺牲自己，只想让对方快乐；爱是霸占、摧毁和破坏，为了要得到对方，不择手段，不惜让对方伤心，必要的时候，一拍两散，玉石俱焚。"

"爱"是多么丰富的字眼啊，它可以让孤独的人倍感温暖，也可以让人因爱生恨，会让人变得自私，变得失去自我，变得自卑和多疑，它的含义太过广泛，不同的人感受不同，理解不同。

有人说：爱是住在两个不同身体里的同一个灵魂。两个相爱的人在一起就要凡事包容，相互信任，彼此忍耐。守得住时间，耐得住寂寞，爱才会永不止息。

然而，可以做到这些的能有几个人？道理说起来容易，而当矛盾发生的时候，相恋的人有几个可以做得到呢？往往不是质问就是怀疑，不是指责就是讽刺，不是争吵就是冷战，两个人僵持着，都等着对方示弱。有多少相爱的人输给了时间，输给了理解，输给了物质，最终带着泪水和怨恨，带着所谓的理由各奔西东。

爱，何尝不是一种责任呢！相爱的人不要轻言许诺。要知道，许下的诺言也是要履行的责任，不能把爱情当儿戏，随便说说，对谁都不负责任；随口而说的不能称之为“爱”，充其量只能叫“喜欢”。

爱，何尝不是慈母般的关怀呢！爱一个人就像爱自己的孩子一样，即使有一天，你做错了一件事，无意伤害到了对方，对方依然会毫不犹豫地原谅你。

爱是聆听。无论何时何地，无论身体多么疲惫，还是愿意让心爱的人在耳边轻语，说什么都好，只要是心爱的人的声音就好，不觉得你话多，也不会听得心烦。

爱是守护。无论贫穷还是富有，无论健康还是疾病，相爱的人都会默默地守护着彼此，无论发生什么事情都不离不弃。

爱是等待。不会因为短暂的分离而放弃，既然相爱，就要学会等待，等下班，等好的心情，等有时间……

爱是忠诚。在两个人相爱的日子里，彼此一心一意，不受外界环境影响，用心感受对方的心情，彼此笃定地相信，相信你是我的唯一，相信我也是你的唯一。

爱情有水的温柔，有火的热烈。其实幸福甜蜜的爱情是平淡的，而平淡如水的爱情也是长久的。它需要双方用心经营，不轻言放弃。

人们常说“缘是天意，分是人为”，然三分天意，七分人为。因为一点事情就放弃爱情而说成是有缘无分，那只不过是给自己找一个自我安慰的理由罢了。

其实，爱一个人很简单，就是无论发生什么事都不会离开你，就是要和你在一起！

2016年春于北京

请付出你的爱

喝茶时，在手机上看到一篇文章，题目是："这样的男人才值得你叫他老公"。

打开后，有一首背景音乐——陶喆和蔡依林合唱的《今天你要嫁给我》。歌曲轻柔温暖，让人心情放松，随音乐屏幕显示文字。第一段写的是："老公，就是那个你将碗里吃剩的饭像倒垃圾一样倒进他碗里，而他还吃得像小猪一样欢天喜地。"

这第一句就让我条件反射地同情起这样的"老公"。接着看："老公，就是那个钱包只剩下 300 块，却全力劝你买下你看中的 700 块一件的衣服的笨男人。"看完这句，我又在想，这是心疼吗？这是宠爱吗？超出了自己的能力范围，他不会倍感压力吗？也许我想多了，接着看："老公，就是那个你跟他撒娇，他明知道中计还乐不可支的可爱男人；老公，就是那个冬天怕你脚冷，而将你一双没有洗的脚紧紧抱在怀里的那个不怕臭的男人；老公，就是那个你'大姨妈'来时，默默为你泡好红糖水，帮你买卫生巾时怕被熟人看见而匆忙抓错东西，像老鼠一样跑回来挨骂的倒霉男人……"

抱歉，看到这里，我真的是看不下去了。每看一句，我心中就反问一句，我真的怀疑这样的男人算是“老公”吗？这分明是“老爸”，而且还是万里挑一的慈爱“老爸”。

即便是自己的“老爸”，这样做也是我不能接受的。至少对我而言，我不想要这样的“老公”，我更不希望自己是这样“恃宠而骄”的女人。

现在科技发达，互联网信息传播便捷，一部小小的智能手机就可以让你尽阅天下事，每天的“心灵鸡汤”更是汹涌澎湃，各种教育，各种支招，各种宽慰。是的，有些“心理感悟”真的可以帮我们“化干戈为玉帛”，可是有些“汤”还是少喝为好，喝多了这样的“鸡汤”真的会上火，一不小心就会似“飞蛾扑火”，焚烧在温暖的诱惑中。

本是单纯的爱情，总是被强加各种衡量标准——物质、目的、要求、值得不值得等等，这些好像都成了一种度量待人接物或是择偶恋爱的标准，而我们常说的“值得”这个词，似乎成了“放下”“舍弃”的一种心态，好似突然“茅塞顿开”，顿悟了人生一样。

我最近时常在想，有没有一种可能，我们的付出只是为了让对方更好，无关“值得”或“不值得”，若是领情，彼此欢喜；若不领情，自己欢喜。

2016年夏于北京

秋的凉意

窗外下着小雨，秋天的雨总是让人感觉有些寒凉。凉的不是皮肤可以感受到的温度，而是心底深处冒出的一丝凉意。都说天气可以改变心情，其实反过来才对，心情的好坏会投射在眼前的景色上。

兴许是最近太累了，兴许是最近的负面消息太多了，让人在这个落叶飘零的季节有些惶恐、有些无助、有些迷茫……

一早打开手机便看到一位老朋友的问候："最近忙什么呢？怎么这几天没有看到你发微信？"我诚实地回复说："最近心情不太好，感慨多，惆怅多，但不都是发生在我的身上，却好像自己在故事中，我想我有些抑郁了。"

朋友用轻松的文字回复："你抑郁？哈哈，如果你抑郁了，全世界的人都抑郁了，哈哈哈。"

呵呵，好吧，我不知道该如何回复了，只用了几个笑脸代替文字，终止了交流。

把手机扔在一边，我又陷入沉思。我想每个人都会有"抑郁”的时候，再快乐的人也不总是阳光灿烂，人往往把微笑留给别人，把眼泪留给自己。当然别人看你看到的未必真实，而你有些真实别人也未必能看到。人从来到世上的那一刻开始就注定一生要为七情六欲所困扰，我也不例外。

我只是一个再普通不过的女人，没有强大的能量去游刃有余地化解痛苦和悲伤，也没有强大意念让自己的心绪不被自己爱的人、爱的事所左右。我可以笑得花枝乱颤，也可以哭得昏天暗地。我没有什么悲天悯人的故事，也没有太多值得骄傲的成绩。我只会做我该做的，我喜欢做的，我自认为有意义的事情。我尽心尽力地做好一件事，全心全意地去爱一个人。

说实话，我不太喜欢秋天，虽然有那么多赞美秋的文章和诗句，但秋天在我眼中不是丰收的景象，却是一切自然生物短暂生命的结束。我认为人的情感也应有“保护”，比如“入了秋”你就要为一些“情感”加上“外衣”，小心呵护它的“温度”，因为我认为秋季不是让我愉悦的季节，更多的时候会让我陷入回忆。

好友SS告诉我，这是她和男友分手的第四个秋天，分手后每年的生日当天，她都会痴痴地等上四个字——“生日快乐”。SS问她男友知道这四个字对于她来说意味着什么吗？对方回答：“意味着过去。”

从秋天开始，又在秋天结束，所有的往事徒留回忆，但不要不相信那曾经的甜言蜜语，不要否定那曾经忘我的爱意，所有笑过、哭过、吵过、痛过的日子虽然不可复制，但它是那样真真切切地存在过，真实而美好。

我亲爱的朋友，请你相信，终有一人会出现在你的生命中，他（她）惜你，疼你，尊重你，在合适的时间牵起你的手，深情地对你说：我终于等到了你！

2016年秋

爱着你的爱

——观《爱乐之城》有感

终于看了获得奥斯卡七项大奖的《爱乐之城》，米娅和塞巴斯的爱情就像童话般简单美好。但遗憾的是米娅和塞巴斯最后并没有在一起，虽然他们曾经是那么相爱。

看完影片，我们也许都会觉得遗憾，会在心里问一句："他们为什么不能在一起呢？"很多影评人说了很多貌似富有人生哲理的话，比如有的人说："也许你生命中出现的那个人，他只是来陪你走一段，只是跟你共赴人生的某个阶段，一旦结束了那个特定的状态，他的任务就完成了，他会送你到下一个渡口，看着你离开。"

在观影过程中，我三次流泪。影片最后在赛巴斯的酒吧，当赛巴斯演奏结束，米娅离开酒吧，站在门口回眸望着塞巴斯，而塞巴斯红着眼睛，脸上没有一丝微笑，所有的爱和遗憾以及回忆呈现在塞巴斯的面容上，镜头慢慢推近塞巴斯的脸庞……

我再也忍不住，泪如泉涌。我多么希望他们可以在一起。这虽然只是一部电影艺术作品，但是生活中有多少类似他们这样相爱而最终分离的故事。

看完影片，我的心情是沉重的，心里也有一些“怕”，“怕命运”，“怕时间和空间”，“怕失去”，“怕漫漫人生中心灵无处依托”。

想起张德芬说过的话：爱情留给我们的纪念品，并不是情人节送的礼物和那些浪漫的承诺，它甚至不是我们共同经历的故事，它是我因为爱你而被改变的生命轨迹，是你生命跟我生命交融的过程里，我的心跳和灵魂中继续沿袭着的——你的部分。

2017年于北京

想起了过去

——观《芳华》有感

终于有时间观看电影《芳华》，最近看朋友圈，很多人都为《芳华》写了影评。

大家的评价褒贬不一：有的说看得泪流满面，心情沉重；有的说期望过高，纸巾没有用上；还有的说，这是严歌苓和冯小刚在圆自己心中的一个情怀梦。

对于1975年出生的我来说，对那个动乱的年代并没有什么印象。但家里的父辈却经历太多，有着太多的心酸，也听过太多比影片还要精彩和让人感到悲凉的人生故事，也许很多人曾经是故事里的人物。

在此，我不对影片做太多评论，只说说影片《芳华》对我个人的一些触动以及影片片段勾起的我的回忆。

在观影之前，我没有看到任何一个影评提到序幕的背景音乐是早年间影片《小花》的主题曲《绒花》。当音乐响起时，我的心都提到了嗓子眼，真的是一种心悸的感觉，脑海中出现的是当年陈冲和刘晓庆所扮演的角色“小花”跪在台阶上抬着身负重伤的解放军战士向山上艰难移步的镜头。几十年以后的今天，音乐再次响起，配上荧幕上怀旧的画面，我突然心潮澎湃，我知道，影片把我带回了过去，我开始“追忆了”……

影片中的刘峰是文工团的“活雷锋”，他处处为别人着想，就连猪跑了都让他帮忙去抓，从他被大家树立成“好人”榜样开始，他就注定不会有一个太好的结局。正如我们现在所说，即使你做了九十九件好事，只要有一件做得不合他人心意，你就是有问题的人。因为人们习惯于你对他好，习惯于接受给予，你的付出不断抬高他人内心的欲望。反之，有的人做了九十九件不好的事，但做了一件好事，人们就会觉得其实那人也没有那么坏，这是因为人们对这些人的期望点太低，低到如果不是杀人放火，就有进步的可能。就像影片中说的一句台词：好人就应该做好事。所以，刘峰的无私、宽容，彻彻底底成了人们嫉恨的对象，也铸就了他的悲剧。

影片应该是被删减了一部分，因为有一些故事情节连接牵强，比如刘峰突然热情似火地向林丁丁示爱，突然飞蛾扑火一样地拥抱林丁丁，而影片的前半部分并没有描述刘峰对林丁丁的好感，只有一个小小的片段就是刘峰口述怎么把林丁丁的表修好的，刘峰突如其来的拥抱让他“大好人”的形象被彻底击毁，因为像刘峰这样一个好到神一样的人物，在人们心中是不该表现出一丝一毫的个人情感的。人们需要他的存在，但是不需要他个人情感的存在。而贪图名利的林丁丁的落井下石真的让我十分厌恶！无论是70年代的林丁丁，还是现代的林丁丁，这种人都是一直存在着的，活生生的一类人！他们得理不饶人，爱慕虚荣。

再来看一下另一位女主人公何小萍，六岁时父亲被抓去劳改，母亲改嫁，继父不喜欢她，同母异父的兄弟姐妹欺负她，她的成长经历铸就了她自卑、容忍、没有安全感的性格，但她的内心纯真，善良。

影片中有一句话让我深思：一个不被善待的人最能识别善良，最能珍惜善良。何小萍内心深处一直爱着刘峰，然而爱情总是阴错阳差。影片中当刘峰看到林丁丁在澳洲发福的照片时微微一笑，看不出一丝怨恨。而刘峰最后用一只手搂着何小萍，两人相依为命，也未必再有爱的冲动。也许人这一辈子，冲动而单纯的爱，只有一次！

我真希望刘峰爱的是何小萍，不是林丁丁！但这就是爱情，爱情之所以与众不同，是因为爱情不是以同情作为前提，也不是以你对我有多好作为交换的，爱情就是怦然心动，就是你无论怎样对待我，我都不记恨你，我都不会忘记你！

如果问我这部影片中比较喜欢哪个角色，我会选择萧穗子，她不高傲，不攀比，不自卑，还有一颗善良的心，敢于表达自己的情感。即使知道自己暗恋的陈灿和室友相爱了，萧穗子也只是把难过留给自己，躲在卡车上默默地哭泣，而没有埋怨憎恨郝淑文。在整部影片中，也许她是最正常的一个人物了。

影片中有几段情节让我泪流满面，除了剧本和演员的带入，最让我心酸的是，影片让我忆起了我的父亲。我的父亲参加过抗日战争，在部队是一名军医，49岁时有的我，我是家里最小的孩子。按照保定老家的叫法，我应该是家里的“老嘎哒”。父亲非常疼爱我，又因为他的年龄大，所以，我对父亲的印象不同于我的同龄人。

父亲1996年去世，生前他老人家常常给我讲抗日战争时期的故事，父亲当年是白求恩学校毕业第一批学员，印度医生柯棣华曾经为他授课。当影片中出现战争画面的时候，我想起了父亲，父亲曾告诉我，战争时期，有一次深夜，他为抢救伤员，在山头躲避，子弹从头顶飞过。还有一次，他左腿中枪，摔下山坡，卡在了一棵大树上，一天一夜后被老乡救起。父亲还讲述过他是如何在行军路上的夜晚借着月光给伤员做手术的……

小时候听父亲讲述的这些故事就像是电影情节一样，感觉这些事情离自己好远。等我稍大一些，父亲就像是有什么预感一样，常常对哥姐和我说，他去世后一定要把党旗盖在骨灰盒上一起埋葬，一定不要把骨灰葬在老家祖坟，要葬在烈士陵园。父亲说要和战友们在一起。当年每次听父亲这么说，我都会觉得不吉利，活得好好的，干嘛总说这些，所以我总是打断父亲的话，换另一个话题。后来，父亲去世，我的母亲、哥姐还有我都还记得父亲的话，并按照父亲的遗愿安排了他老人家的后事，长大后的我才开始理解父亲内心的荣耀和情怀。

父亲走后，我再也不敢看抗日题材的影视剧，因为我不敢想象自己最亲的人曾经历过的苦难，我不敢轻易刨开内心深处的那份无尽的思念，影片中的一首老歌《驼铃》也是当年父亲常唱的一首歌，只要我一听，就会泪雨滂沱。

落笔于此吧，敬佩那些为了和平而献出宝贵生命的英雄们！也借此情此景深深地怀念我的父亲！他老人家经历了怎样的人生，又在怎样的心境中恋恋不舍地离开了我们？

《芳华》勾起我的回忆、我的思念，也燃烧着我的激情……

2017年冬于三亚亚龙湾

以后再也没有时间了

“没事儿，以后有的是时间。”每当听到这句话我心中就有无限感慨，期待，盼望，遗憾，无奈……

要知道，这一秒、这一分、这一天过去了就再也不会回来。想为自己做的事情，想为别人做的事情，既然想了，就抓紧时间完成它吧，因为有许多事情都是在无谓的等待和拖延之后就再也没有机会去做了。

记得小时候，父亲喜欢在空闲的时候打麻将，可是遗憾的是家里人就父亲一个人会打麻将，我们都不会。父亲总是笑嘻嘻地对我说：“小昀，你可以学学，其实很简单，学会了就可以陪爸爸玩一局了。”我说：“等以后有时间吧，让我哥我姐一起学呗，等放假了有时间再陪您玩儿。”可是每一年放假，我都要进剧组拍电视剧，直到开学前几天才会回到家中。

父亲总是期待着我回来，然后又会时不时地问我：“小昀，你什么时候可以陪爸爸玩一局啊？”我又会说“以后有的是时间，我刚从剧组回来，过两天就开学了，作业还没有写完呢。”父亲总是带着浓重的保定口音笑呵呵地说：“俺（nan）们一个人没法玩儿。”父亲转身的一刹那，我看到了他那无可奈何的表情，心中不禁有些愧疚，于是起身喊了一声：“爸，我不会玩儿，就咱们两个怎么玩儿啊？”父亲好似有了一线希望，像个孩子似的兴奋地说：“简单，来，我教你。”“行吧，那您可要有点耐心……”

再后来，我上了广播学院，每次打电话回家的时候总是父亲先接电话，而我的第一句话永远是：“爸，我妈呢？”电话那头父亲总会说：“小昀，有时间和爸爸多说两句，别一打电话就找你妈。”我说：“知道了，等我回家了好好陪您说会话，反正以后有的是时间，现在我找我妈有事。”

再后来，父亲突然生病住院了，躺在床上，无法言语，每天只能支支吾吾地说些我们听不懂的话，两只手也无法拿起任何东西。十个月后，父亲永远地离开了我们……

回到学校，再往家打电话的时候，我永远也听不到父亲的声音了。我想好好学习一下如何打麻将，想陪父亲多打几局，我想和父亲好好说说我的生活和工作；我想再听父亲讲讲他过去经历过的抗日故事；我想让父亲坐一次我开的车；我想带父亲出国旅游……

我想，我想，现在我只剩下“想”了，而“以后有的是时间”却变成了“以后再也没有时间”了。

亲人如此，恋人也如此。“我想给你做顿饭”，“以后有的是时间”；“我想给你做个按摩”，“以后有的是时间”；“我想和你出去旅游一次”，“等我忙完，以后有的时间”；“我没有去过这座城市”，“下次我带你去”……

然而一次又一次的推迟，一次又一次的等待，时间从指缝中慢慢溜走，激情慢慢淹没在繁忙的工作中。我们在不停地等待，也让自己的心一次次变的“强悍”起来。渐渐地，我们不是不想再等，而是变得等多久都无所谓，想做的那些事情变成别人的故事，而我们却成了听故事的人。

每每想到这儿，我就感到遗憾，人这一辈子，说短不短，说长不长，一切无常，所以不要再犹豫，不要再等待。临渊羡鱼，不如退而结网。想去旅游，现在就订票；想念谁，现在就去找他（她）；想锻炼，现在就行动，亲爱的朋友们，其实，现在你是可以挤出时间来的。

2017年于北京

声

1. 人生如梦，世事无常，看到的未必真实，发生的亦如梦境。有些人总在得失间游离，在取舍间彷徨。得到的人未必快乐，失去的人未必悲伤。何必执着人的喜怒与哀伤？

2. 我们控制不了别人所想，强求不了别人所做，唯一可以做的是：改变自己！在不伤害别人的前提下，放下顾虑和负担，做自己想做的事。人生短暂，不容懈怠，幸福快乐和悲伤痛楚就在一念之差，一不留神便可能错过人生中最美好的时光。

3. 当幸福敲打我们的心门时，我们却瞻前顾后，不敢敞开心扉去迎接属于自己的阳光；而当黑暗来临时，我们又渴望有一缕曙光。人们总是在矛盾和纠结中成长，那些错过的时间，那些痛的、酸的、甜的、蜜的往事，就只能丰富人生的记忆了。

4. 人生的道路上，你永远不知道下一个路口会遇见谁，惦念谁，爱上谁，最终送走谁……

5. 是谁给予你了痛苦、甜蜜、幸福和惬意？感受点滴，珍惜当下，回味人生。

6. 都说想念一个人是一种温暖，被一个人想念是一种幸福。既然感受到了，就不要奢望永久。有多少人，有了天意的“缘”，却失了人为的“分”。要知道，相遇容易，相守难！

7. 有多爱就有多痛，感受过幸福的甜蜜，才知道心碎的含义。不要为了那不一定发生的明天而错过了今天的美好，即使再平坦的人生也可能被那些突如其来的生死离别伤得措手不及，有些人也许只是一个转身，便后会无期，此生不见！

8. 生活就如一杯茶，有苦有甜，有浓有淡，钝锐交替，浓烈过后便是平和。一切淡然，一切随意，水甘梦真，淡名薄利，一杯醇和的好茶，一颗清净淡雅的心，静静地展望，默默地守候。

9. 当我们必须要去面对和解决一些问题的时候，需要具备的不仅仅是处理问题的能力，更要具一颗博爱宽容的心。

10. 人生旅途中总有一段相遇，他（她）在特定的时间来，又在安排好的时间去。缘深缘浅，只为陪你这一段，缘来缘去，彼此珍惜。

11. 寂寞时应该享受孤独，不要因为寂寞而爱一个人，也不要因为孤独而轻言许诺。该出现的人会在合适的时间与你比肩，不属于你的人会在某一天永远消失在你的视线外。做好自己，成为优秀的那个你，即使没有完美的爱情，也要有爱的勇气。

12. 在静谧中有着浓浓的思念，在花开时有着淡淡的忧伤。你不离，我不弃，静守时光，默许安好。花开花落，云卷云舒，刹那回眸，永驻心房。

13. 不管在什么样的境遇中，都要有一种希望，有希望就有活下去的勇气！

吕昀画的百合花

14. 逃避不是改变心情的方法，即使逃到天涯海角，也会感觉孤独无助。要勇敢地接受，宽容地面对，不愁不恨，不争不怒。在逆境中成长，在苦难中历练，终有一天，会笑得灿烂。生得开心，活得释怀。

15. 不争不吵不是因为害怕，而是因为不忍心和不舍得，不要把宽容当成一种软弱。

16. 恋爱中不要争吵，因为彼此是亲密的朋友；在婚姻里更不要争吵，因为亲人需要更多的包容。

17. 舍下不在意你的人，得到你的快乐；放下不珍惜你的人，自在你的生活。

18. 我宁愿和你相互搀扶着在崎岖的小路上缓慢行走，也不愿一个人在平坦的大道上自由驰骋。既然爱了就要彼此支持，相互支撑，你依托着我的梦想，我承载着你的希望。

19. 富有不是炫耀的资本，贫穷不是自卑的理由；给予让你发现美好，宽容让你更加博爱。

20. 不必埋怨对方爱你多少，而要自省自己有多少地方值得被爱。失去值得爱的人是损失，失去不珍惜你的人是福分。

21. 浩瀚宇宙，斗转星移，自然造物，甚是神奇。怀着平静的目光欣赏，强硬将变得柔和；怀着勇敢的心面对，就像那束光，刹那中闪耀着辉煌。

22. 问世间情为何物？谁负了你的情，谁疗愈了你的伤？红烛伴月，琴声悠扬，独倚窗下，一盏香丝，一抹馨香。

23. 风轻云淡，潮起潮落，没有谁可以留住岁月带走的容颜。时间带不走快乐，谁都无法控制你的心念，不是别人给了你伤痛，而是自己放不下那份执着。

24. 有时幸福的人看起来有些忧虑，有时烦恼的人却多了份幸福。感受到幸福是因为满足，感受到忧伤是不够“糊涂”。有智慧的人懂得放下，那是因为他们知道，留不住岁月，留不住时光。

25. 在爱情里，没有谁对谁错，只有谁更包容谁。包容你，是因为爱你，舍不得你的离去，不忍心看你悲伤！

26. 经历过爱情的挫折，选对路便是强者。不怨不恨，不痴不悲，怨不得命运，更伤不得他人。

27. 不必羡慕别人的生活有多美，不是你享受不到，而是你不想拥有，否则有什么可以约束你？每个人都是独立的个体，为何要活在别人的世界，羡慕着，憧憬着，懊悔着？与其羡慕别人的生活，不如创造属于自己的空间。

28. 很多时候我们会接受别人的援助之手，刚开始我们不停地道谢，而时间久了，就变成了习惯，习惯了不努力就想得到，好像别人帮助我们是理所当然。突然有一天别人对我们说了“不”，然后我们就会抱怨别人的心变了。其实，不是别人变了，而是我们的欲望多了。贪嗔多了，快乐就少；感恩多了，烦恼就少。

29. 我们无数次的不期而遇并非偶然，无论春秋，无论冬夏，我们在刚好的时间相逢，在静好的岁月相聚。

30. 远离了浮躁和喧嚣，疲惫的心灵需要一方净土。有的时候，我们需要给自己创造一个安静的空间，放慢脚步，仰望天空，以清明的内心去思、去想、去感受。你会发现原来生活可以如此简单，幸福如此触手可及。

吕昀的画的“兜兰”

31. 如果你还爱着，就不要随意话别离。如果离开会让你悲伤，就不要轻言放弃。这个世界，没有谁离不开谁，只有谁更加懂得珍惜。

32. 不要认为对所有人宽容就是善良，不做愚善的人是一种智慧。

33. 这世间最复杂的情感莫过于爱情，它多么的可遇不可求。一段没有结果的爱情就像把你推进了沼泽中，每一次竭力挣扎逃脱只会让你陷得越来越深。只是一句话，就会让你像飞蛾扑火一样焚烧在那温暖的诱惑里。有一天，你终于拖着疲惫的心回到了原点，想潇洒自由地生活，却发现那些情爱早已扎根于心底，难以抹去。

34. 白天，黑夜，真假虚实；时间，岁月，总是有些事情会被遗忘，总是有些人在心底深处隐藏。

35. 生命没有结束，故事就没有结束，你想给自己的故事创造一个怎样的结局呢?

36. 也许，每一次心动都是上帝的安排；也许，每一次遗忘都是上帝的恩赐。不要想，让你不愉快的事；不留念，和你擦身而过的人。

37. 既然留不住这满园的春色，就让春风带着一丝暖意拂面而过吧。要逝去的终究是留不住的，即使你有再多的不舍。

38. 我不奢望你永远爱着我，但我希望你永远不要忘记我。

39. 不联系不是不想念，想念是一个人的事，联系就是两个人的互动了。如果联系了你，你没有回复，我会伤心；如果回复，我会倍加思念。

40. 安静不等于过得很好，但把心放空就真的让人自在了。

41. 恋人之间最美好的关系也许是我不仅想着你，爱着你，还会用行动证明我的爱，而你看到我的行动就会对我倍加珍惜。

42. 爱一个人是没有理由的，如果爱可以说得明白，或许就不是纯粹的爱了。

43. 人生就是向前走，累的时候回头看。

44. 爱与被爱一样重要，学会如何爱就等于已经拥有了爱。

45. 如果你的朋友很多，对你很好，请不要消耗朋友对自己的信任和爱。

46. 也许有些时候，有些事伤了你的心，你会想，即使把自己的心掏出来，别人也会质疑心的温度，既然如此，何必执着于别人的看法呢，自己无愧于心就好。

47. 不是不想等，不是不能等，是怕最终等不到。

48. 这是一个桂花飘香的季节，飘洒了念，吹干了泪。

49. 没有经历就没有体会，请不要调侃我的伤感，请不要议论我的过去，请不要嘲笑我的泪水。

50. 其实，人最难改变的就是“习惯”，习惯一种工作状态，习惯一种生活方式。习惯一座城市，习惯一个住处，习惯和某个人相处，习惯一种饮食风格……

51. 我不敢想未来会是怎样，因为我可以想象到的只是自己编导的故事。现实中并不会有想象中的结果，不如把胡思乱想的时间用来做一些让自己欢喜的事情。

52. 爱情是一种感觉，是一种带有磁性的相互吸引；无论遇到何种阻力都会向着正负磁极聚集。爱情很微妙，既甜美，也会让人流泪，既让人想拥有，又让人担心失去，既让人向往，又让人望而却步……

53. 有期待就有生活的乐趣。

54.“时光飞逝”，以前觉得这只是一个词语，现在知道它是一个故事。

55. 不评判他人，因为他人的生活与自己无关；不评判自己，因为自己很难看清自己。

56. 学会了与生活妥协，便快乐了……